历史的荷尔蒙

历史的囚徒——

著

LI SHI
DE
HE ER MENG

4

古人的坚守与踌躇

长江出版传媒

长江文艺出版社

**图书在版编目（CIP）数据**

历史的荷尔蒙.4，古人的坚守与踌躇 / 历史的囚徒
著.-- 武汉：长江文艺出版社，2022.2
ISBN 978-7-5702-2436-4

Ⅰ.①历… Ⅱ.①历… Ⅲ.①历史故事－作品集－中
国 Ⅳ.①I247.81

中国版本图书馆 CIP 数据核字(2021)第 219798 号

历史的荷尔蒙.4，古人的坚守与踌躇
Lishi De Heermeng 4 Guren De Jianshou Yu Chouchu

---

策划编辑：张远林

责任编辑：周　阳　　　　　　　　责任校对：毛　娟
封面设计：天行云翼·宋晓亮　　　责任印制：邱　莉　杨　帆

---

出版：长江出版传媒 ｜ 长江文艺出版社

地址：武汉市雄楚大街 268 号　　　邮编：430070
发行：长江文艺出版社
http://www.cjlap.com
印刷：武汉市首壹印务有限公司

---

开本：880 毫米×1230 毫米　　1/32　　印张：8.5　　插页：2 页
版次：2022 年 2 月第 1 版　　　　2022 年 2 月第 1 次印刷
字数：214 千字

---

定价：45.00 元

---

版权所有，盗版必究（举报电话：027—87679308　87679310）
（图书出现印装问题，本社负责调换）

# 目录
CONTENTS

# 名　士

# 名　流

# 历史永远是一号链接

## *1*

不知不觉，历史写作已四年有余。

我就像一个探油工人，勘探，钻井，采油，冶炼，不知疲惫。

就连两岁的尔蒙小朋友，现在也熟悉了我的作息规律，动辄用小手指着书房，嘣出一个字，"写~"。

我觉得自己的写作，是有意义的。

所以能一直坚持下去。

历史是一种特别遗憾、不可复制的东西，它是一种十分主观的产物。

其中最主观的纪录形式，便是文字。

也就是说，它不保险。

文字表达是不可靠的，绝大多数都有粉饰或者丑化的偏向。

如果你不了解中国美学，那你很可能被骗。

但这并不是历史悲观主义。

相反，只要我们努力，完全可以不断地靠近历史。

全力抓住核心信息，让历史在现代绚烂。

## 2

要把历史写活，最紧要的一件事情是：尊重它。

因为我们身上流的，是古人的血，我们是他们生命的延续。

不尊重他们，就是不尊重我们自己。

有了尊重，要把历史写得好看，至少还须做到以下几点：

一是熟悉并掌握基本史料，二是从史料中拎出最重要的特征，三是熟练运用现代表述方式。

我的感受是，如果你的文字没有魅力，别人很难坚持看下去，你写着写着，也觉得聊胜于无。

即使做到以上三点，从历史中挖掘精彩故事，还只是完成了一小半。

接下来，你要投入自己的感情，与古人交心谈心。

其关键，每次写一个人，要把心掏出来，写完了，再把心放回去。

如此反复。

这是难度极大的一件事。

主要是因为，人们现在可以投入时间，可以投入经费，却很少能投入感情。

## 3

古人都离开那么多年了，还想跟他（她）交流，似乎有点幼稚，有点柏拉图。

其实，真的可以。

我渴望通过揣摩理解，用自己的叙述方式，最大限度还原历史现场，刻画古人心理。

整个过程奇妙又诡异，就像在为古人招魂。

有粉丝留言说，"看了一晚上你的文章，感觉有些不羁、深情，又很细腻，仿佛在写一个人的时候，完全把自己带入……看你写的文字，我感觉很容易走进他们的生活。"

我理解，这是因为人与人之间发生了最难得、最复杂的心理反应，这种反应，俗称"共鸣"。

科学研究表明，一个人的左大脑用于了解事实，而右大脑用于情感共鸣。

文字一旦带有情感，它就开始闪光。

只要你展开想象的翅膀，走进历史的尘烟，你也能与古人共鸣。

人同此心，心同此理，它与时间空间无关。

# 4

不得不说的，还有难得的幽默感，我常为它抓狂。

进入社交时代，幽默感成为其最重要的一个特征。

请注意，我说的不是低级搞笑，也不是强行创造幽默，而是灵光一现，令人会心一笑。

词典上解释说，所谓"幽默"，形容一个人或一件事有趣或可笑，但更可贵的是意味深长。

读者看完诙谐的句段，在那儿久久不得释怀，这样的幽默才是有生命力的。

在描述古人的时候，为让读者更快记住他，更深体会他，我总会创造一些幽默的场景和语言。到现在为止，我还没有找到任何一个方法，可以像幽默一般，迅速地纾解繁琐和苦难。

这也是我在写作的过程中，极其推崇幽默叙述的原因，甚至称它为我写作的"灵魂"。

我还说过，如今知识遍地，人们的求知欲得到空前满足，但焦虑感和无力感也接踵而至。

所以，现代人不求解惑，但求解烦。

解烦，只有幽默可以做到。

## 5

所有的这些做完了，还有一个坚持。

未来是模糊的，谁也不知道会发生什么，你只能拿着手电，走一米看一米。

唯有坚持，你才能看到千里之外的景色。

无数人跟我说，坚持下去。

我听大家的，现在写了近四百篇。

以前读书的时候，语文成绩很好，作文写得很带感。

后来在媒体行业混饭吃，开始大家都从小消息写起，我却偏爱大块头文章，感觉写起来特别像一个记者。

再后来学会了个人化的叙述方式，更加乐此不疲。

在十年前出版的一本书里，还特别声明我的追求——不敢言创举，但绝不人云亦云。

# 6

有一件事不得不提，即我的写作都是正能量的。

正能量这东西在历史中，在现实中，其实是处处可见的。

只是有很多人看到的，是生活中的阴暗和不如意。

有人说，好事不出门，恶事传千里，我并不同意这种说法。

相反，正能量拥有强大的传播力和感染力。

在已经完成的对一百多个古人的写作中，大多数主人公都有一颗天真善良的心。

他们在现实中跟跟跄跄，摔了不少跟斗，但从未改变他们的热爱——爱国家，爱故乡，爱朋友，爱这个世界上的一草一木。

他们甚至不会去恨其他人，包括曾经严重构陷他们、差点让他们死于非命的人。

作为中国人的生活偶像，苏东坡就是这样一个人。

他的大度，他的沉郁，他的悲天悯人，总是让后世读者感动万分。

有那样的人生境界，才能写出"十年生死两茫茫""大江东去，浪淘尽"和"但愿人长久，千里共婵娟"。

苏轼如此，其他人又何尝不是？

嵇康、陶渊明、李白、李清照、柳永、李煜……

这样的名单可以开出一长串，他们全是在逆境中站起来的人。

正像我在《唐伯虎的风中零乱》里所写的——一个人在逆境中的奋起，远比在顺境中的成功更能打动人，人的精神力量无限。

# 7

每个人都希望，自己的人生顺顺利利，平平安安。

不过很多时候，平安、平淡乃至平庸生活的代价是，你可能一辈子都无法抵达自己理论意义上可以到达的彼岸。

这绝不是倡导苦行主义。我一个大学同学说，他一生中最顺利的时候，就是他一生中最黑暗的时候，他一生中最坎坷的时候，就是他一生中最闪光的时候。

这句话说得很有哲理，虽然看起来有点别扭。大家可以好好体会一下。


感谢大家，荷尔蒙前三集卖得超乎意料的好。

既然得到那么多人的喜爱和鼓励，未来我还会不停地写下去。

很多人都有自己偏爱的历史人物，为其 idol 的遭遇叹息、不平、流泪。

从这方面来说，历史并不是虚无缥缈的。

它一直在我们的血液中流动，有时候还很冲动。

# 8

我想以两则粉丝留言结束这篇文章。


——"我看过很多评写辛弃疾的文章，却独爱这一篇，爱不释手！也在囚徒的文字中找到了与自己对历史相似的想法与情怀！于是疯狂地将囚徒的公众号推荐分享，我觉得，每一个认真严谨的历史解说者更应值得尊重。"（闫师长月）

——"看你的每篇文章都笑了，文字行云流水不足为奇，但幽默的灵魂弥足珍贵，你对历史的感悟和人物的揣摩都很精准，悲凉的历史在你不紧不慢的讲述中变得生动鲜活而有温情，大概我会取关其他所有公号。"（just destiny）

## 9

我的书架上，历史永远是主流，它是一号链接，也许这辈子都是。

再次感谢遇到你们。

有人把幸福诠释成有房有车、有名有权、有钱有势。

其实幸福更是一种无，无忧无虑，无病无灾，无欲无求。

历史是有形的，更是无形的，重重叠叠之下，它抽象成了一种心情。

我们一定要好好运用这种心情。

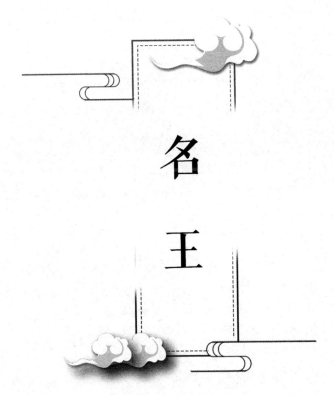

名

王

# 汉武帝：给司马迁的道歉信

司马先生你好，朕想给你道个歉，在事发两千一百年后。

朕不想让自己的错误持续到公元 2021 年，尤其是当某作家和某导演在同一天就他们的行为道歉后，我更加认识到，一个人做了错事如果不道歉，那将是错上加错。

你知道我的职业很特殊，就算一件事做错了，朕也不能公开道歉。

那次在建章宫的多功能厅，你跟很多人唱对台戏，替李陵辩护，说他不可能投敌叛国，虽然朕在感情上是认同你的，可是在政治上朕不能放过你。

那天我做了一辈子最错误的决定。

其实在下达处罚命令后，我第一时间就后悔了，急忙喊人快马加鞭去更改命令，要求刀下留人，但还是慢了一步。

那些行刑的人，下手太快了，这是我唯一恨他们的一次，以前从不见他们有那么强的执行力。

一定很疼吧，都是朕的错。

如果那个时候有电话和互联网，该有多好，悲剧不可能发生。

可是，这个世界上没有如果。

你们司马家曾深得皇家厚爱（告诉你一个秘密，朕是看着令尊司马谈的文章长大的），也很有社会地位。

可以想象，那个傍晚过后，整个司马家族陷入了何等的痛苦。

朕曾经想过，经此打击，你可能会消极怠工。但是没想到，刑后你忍辱负重，反而写出了惊天地泣鬼神的《史记》，充分实践了"在人上看得起人，在人下看得起自己"的人生准则。

我们大汉有你这样的史官，真的很了不起。

虽然朕知道，文章憎命达，一部伟大作品的诞生，背后一定有生活的巨大打击和排挤，就像文王拘于羑里而推演《周易》，屈原放逐才赋有《离骚》，左丘失明乃有《国语》，孙膑遭膑脚之刑后修兵法，《诗》三百篇，大都是贤士圣人发泄愤懑而作。

但朕还是不忍心，因为宫刑对一个男人生理上、心理上的打击，都太大太大了。

（明）王圻　辑《三才图会》之司马迁像

知道你心里有委屈，还请你原谅朕。看在下辈子我们不一定能遇见的分上。

我检讨过自己的灵魂，觉得自己不知不觉中了很深的毒，那是一种浮躁的、畸形的、腐朽的帝王观念。

对你造成的伤害，我郑重道歉，非常对不起。请大家以我为戒，重视人的尊严，倡导法治。

这份道歉现在才来，并非我不想承认错误，而是我缺乏足够的勇气，我把一切都搞砸了，这不是一句道歉能弥补的。

后来朕的生活，并非像大家想象的那样一帆风顺，承受了巨大的压力，有好多次我想写点什么，向你道歉，但时间越久越不敢。这都是我单方面的心理活动。

我一直没意识到，社会公众跟你一样，需要一个正式的道歉。我实在是错得太离谱了！

所有的一切，都是为了警醒后世，让这个世界变得更美好。

这些年来，朕一直不愿提起，不敢面对自己的错误，再次希望你接受朕迟到的道歉！

笔不前驰，朕还要去看"时间的朋友"演讲会。

答应朕，以后我们都好好的。

致歉人：曾经迷失自己的刘彻

# 汉明帝：这位皇帝努力了十八年，还是没能挡住如虎外戚

## 1

在"皇帝俱乐部"里，刘邦的十世孙、汉明帝刘庄几乎没有一点声望，看起来是个平庸皇帝。但是他的父母很牛——爸爸是东汉第一位皇帝汉光武帝刘秀，母亲阴丽华也很有来头，她是春秋时期名相管仲后裔、刘秀的原配（曾与姐妹谦让皇后之位，其人其德，足以让很多后宫的女魔头汗颜）。

其实刘庄此人，是被大大低估了。

他一生至少有三件事，是可以载入史册的。一是派遣班超出使西域，大搞外交，那个时候限于交通和通讯，各国联系极少。二是他引入佛教，使其在中国民间广泛流传，并修建了中国第一座佛教庙宇——白马寺。第三件，才是今天重点要讲的，他对外戚的要求特别严厉，出台了一系列政策，几乎可以成为封建社会整治外戚的样板。

一般来说，帝王年幼时，外戚往往会干政、擅权。其中也不乏谋朝篡位者，如西汉末的王莽与建立隋朝的杨坚。为防止外戚篡权，历朝历代都会定不少规矩，但一般管不了多少年。权力这个东西，有时候像冰一样坚固高冷，有时候却像流水一样灵动，不经意间就转移了人手。刘邦建立汉朝以来，在这方面三令五申，仍然收效甚微。

之后的教训，是血淋淋的。

## 2

刘庄，生于公元 28 年 6 月，十岁就通晓《春秋》，是一个很有想法的人。

自公元 43 年被立为太子开始，已是翩翩少年的刘庄，在太子太傅、博士桓荣的精心教育下，开始系统地学习治国安邦之道。他给刘庄上的重要一课就是外戚干政，其患无穷。

作为饱学之士，桓荣纵论前朝兴亡和明君治国之道，以开启刘庄的心智。当然，他更喜欢讲述历史，特别是前朝西汉何以兴盛，又何以败亡。"如果说前朝有教训，那就是始终没有走出外戚干政的阴影。"他摇摇头说。

正因为外戚频繁干政，直接导致西汉王朝在风雨飘摇中走向覆灭。在总结前代兴亡的史家们笔下，都毫不讳言这一点。

这似乎是皇家的宿命。

## 3

作为干政的"杰出代表"，吕后自汉高祖驾崩后，临朝听政竟然长达十五年，极大地破坏了规矩。

吕后在直接干预朝政之前，就显示出对权力的极度渴望。她不仅杀掉了汉朝最大的功臣韩信，还把同样立下赫赫战功的彭越剁成了肉酱，要刘邦分别赐给开国功臣们品尝。她的潜台词很明显：不要以为刘邦对你们客气，我就不敢动你们这些老家伙！就算你们立了再大的功劳，在我眼里就是一个屁。

这些历史，汉明帝读起来有些发抖。

除了屠杀功臣，吕后还毫无人性地迫害情敌。刘邦曾经非常喜欢的戚夫人，被她斩去手脚，耳朵被熏聋，眼珠被挖出，又以特效药将她毒哑，抛入茅厕之中。这就是历史上臭名昭著的"人彘"。

扫除了这些障碍，吕后终于可以一手遮天。吕氏家族的人寸功未立，居然鸡犬升天。很多人被吕后大肆封赏，为王为侯，短时间内就形成了权势熏天的外戚干政集团。

# 4

刘庄内心暗自发誓：等到哪一天自己当上皇帝，绝不容许皇后、妃子们对前朝事务说三道四。坚决杜绝"枕头风"。他做得特别彻底：后宫佳丽们的家人和亲戚，即使再聪明，再有能力，也绝不让其成为有实权的高级官员。

桓荣多次给他讲过王莽的故事，让他一定要吸取教训，不要重蹈覆辙。王莽公然篡位，直接导致西汉灭亡，这样的教训对于刘庄来说真是太深刻了。王莽于公元8年篡位，离刘庄被册封为太子的公元43年，也只有短短的三十五年时

（明）王圻　辑《三才图会》之汉明帝像

间。当时刘庄还没面世，但后来听到太多有关王莽篡位的种种，更加坚定他不用外戚的想法。

刚刚即位，刘庄立即颁布严禁外戚参与朝政的诏书。这个诏书主要是针对后宫和外戚的。大致意思是，你们虽然贵为皇亲国戚，但是绝不能封侯，好好过你们的小日子吧！

# 5

这里要介绍一个背景，西汉和东汉两个朝代，只有被封为侯爵，才有资格走上朝堂、参与国政。

刘庄深知，一旦外戚干政，特别是有能力的外戚上下其手，必然会使朝廷中那些习惯攀龙附凤、见利忘义的大臣们，齐聚到他们的羽翼之下，从而逐渐形成可怕的利益集团。从败坏朝纲，演变为向皇帝夺权，这一切不是不可能的。想一想，小心脏都受不了。在这件事上，刘庄始终保持警醒，一直坚持到自己驾崩，也没人能坏了规矩。

挑战，并非没有。

他的妹妹馆陶长公主，很想为其子阎章求个侍郎。在两汉时期，侍郎主要在皇帝身边工作，是皇帝最为信任的人。

"您的外甥阎章，无论是人品，还是能力，都非常优秀，您把他调到身边培养，可好?"馆陶长公主向皇兄推荐说。

这个推荐，于情于理都无法拒绝。但是，刘庄还是第一时间对这个提议画了叉。

"外戚绝对不能进入国家的权力中枢，这就是一条红线啊!"他跟妹妹解释说，"任何时候，任何人，都不能逾越。"

## 6

对外甥，他如此冷酷，对他母亲的娘家人，他更加离谱。

自即位后，刘庄遵从先帝遗诏，召来全国最优秀的画家，为二十八位立下汗马功劳的大臣画像，悬挂云台供人瞻仰。但汉明帝私下改动了一个人。这人就是他的岳父马援，一个为东汉朝廷立下无数战功的战将。没让岳父马援进入云台二十八将之列，向全国上下透露了一个很清晰的信号——本朝不用外戚。

汉明帝在位时，三个国舅爷马廖、马防、马光都没有位列九卿，虽然他们都立下无数功劳，也只享受二千石的俸禄。这三兄弟，可以说是两汉时期最苦逼的三位国舅，待遇最差，且被朝廷严防死守。

为了强化人们的记忆，在驸马韩光参与淮阳王刘延叛乱时，面对女儿的苦苦哀求，他不为所动，依然下旨处死驸马。

刘庄当政十八年，虽然没有惊天动地的政绩，却打破了外戚的影响和掣肘。同时，他完全改变了西汉建国时期对开国功臣的猜忌，甚至滥杀状态。各种优秀人才得以脱颖而出，东汉的发展，获得了一段加速度。

## 7

为了不让功臣寒心，刘庄不仅尊邓禹为太傅，更把他的画像作为开国二十八将之首，悬挂在云台供后人瞻仰。同时，为了表示对邓禹的器重，每天上朝时，他准许邓禹向东站立，要知道在朝堂之上，向东站立是一种崇高的礼遇。仅此一点，就让东汉所有的开国元勋们打消了顾虑，不再担心功高震主，鸟尽弓藏。

刘庄抑制外戚，得到了马皇后（马援的女儿）的坚定支持。

后来，马皇后成了马太后，地位尊贵，却异常谦逊。在长达二十三年时间里，她始终以国家为重，多次拒绝封赏马氏兄弟。

刘庄的接班人肃宗，虽然不是马太后所生，对她却比亲妈还亲。为报答母后恩情，建初元年（公元76年），肃宗曾想封三位舅父为侯，马太后不但坚决反对，还削了马防的侍郎官职位。确实很过分。根据当时对话的记录，她此举只为避免大臣们的非议，以及不必要的负面舆论。

## 8

应该说，刘庄和马皇后为抑制外戚干涉国家政治生活，做了很多开创性的事情。可是，人算不如天算。自刘庄以后，东汉就遇上了无穷无尽的麻烦，这种麻烦和压力，主要来自外戚。

谁让刘氏子孙登基的时候，都是小孩儿呢？看看下面这个表，一切不言自明。东汉中后期的十一个皇帝即位年龄：

和帝　十岁

殇帝　百日小儿

安帝　十三岁

少帝刘懿　年岁不详

顺帝　十一岁

冲帝　两岁

质帝　八岁

桓帝　十五岁

灵帝　十二岁

少帝刘辩　十四岁

献帝　九岁

《后汉书》中有这样的记载："东京皇统屡绝，权归女主，外立者四帝，临朝者六后，莫不定策帷帟，委事父兄；贪孩童以久其政，抑明贤以专其威。"

那些垂帘听政的太后们，一般年龄不过二十多岁，缺乏起码的社会阅历和统治经验，也没有能力驾驭国家机器。她们很无奈，只好依靠娘家的父兄。比如，和帝之时的邓太后，以长子刘胜有痼疾为由不立，偏立少子刘隆，其生时才百余日，刚立不久即夭折。后又立刘祜，也才十二岁。一个太后竟两立幼帝，把持朝政达十六年之久。

……

很多年幼的皇帝长大后，为解除外戚威胁，只有依靠身边的宦官。外戚、宦官，外戚、宦官，轮流专权。东汉的悲剧莫过于此。

外戚凶猛，请勿靠近。

# 李世民：高大的龙床上，躺着他的尸体和权力

## 1

有唐一代，最郁闷的皇帝，不是别人，恰是建国者李渊。

前面都很正常。帮隋炀帝打高丽，镇压山西农民起义，几千里智取突厥，受命镇守太原。看起来是一个模范军人。

然后是趁乱起兵，一呼百诺，用时仅九个月，造反即告成功。这种创业的效率，在历史上也是没谁了。说明什么？李渊行事郑重，抓机会的能力极强。

……

他一辈子做的最大的错事，应该是立错了太子。

二儿子李世民，的确是天降神人，不光一身好武功，而且思虑极深。本来在造反这件事上，李渊还有些犹豫。但经不住李世民不断怂恿，这才起事。

那些天，父子俩在太原的密室里，度过了很多不眠之夜。毕竟造反的风险是很大的，失败了，必祸及满门。通告全国之后，

李世民被公认为十八路起义军里，最为勇猛的将军。

才半年，大唐就正式立国了。真是快如闪电。一方面是因为隋朝不得人心，早就千疮百孔；另一方面，是因为李唐军队能打（靠的还是李世民）。

照理说，李世民当太子，没有悬念。可李渊这时，却开始昏招频出。他不顾汹涌如潮的反对声音，执意立大儿子李建成为太子。

李建成也有军功，但跟二弟李世民比起来，能够忽略不计。

李渊可能有点小心思，觉得自己控制不住李世民。反正都是自己的儿子，立谁不是李唐江山？

他不知道，自己在开一个很恶劣的先例。后面的玄武门事变，表面跟他没关系，其实恶果就是他种下的。然后大唐两百八十九年间，发生了无数的政变，主要是儿子反老子。"上梁不正下梁歪"，无疑。

李渊足足当了九年皇帝。可是李世民登台后，从庙堂到民间，一种声音逐渐变强——大唐的开国之君，不应该是李渊，而是李世民。

## 2

李世民是个多面手。我的意思是，他擅长打仗，还喜欢搞点文艺创作。

他曾经写过一首《威凤赋》，首要写创业艰难，这种感受恐怕很多创业者都有。因为他自喻为凤凰，排名又是老二，所以他给自己起了个奶名：二凤。这篇作品，我找来学习了一下，觉得他字里行间，写满了坦诚。全文不长，核心意思是：没有你哪有我？没有国哪有家？

……

列位粉丝，是不是想起了那首著名的歌曲？苏芮的经典老歌《酒干倘卖无》。

一个英雄三个帮，一个篱笆三个桩。李世民的成功之道，不是逞匹夫之勇，而是能团结一帮人干大事。自古成事者，莫不如斯。

登上帝位后，他没有大肆屠杀功臣，倒是亲自出面，请当时最著名的画家阎立本，为"凌烟阁二十四功臣"画像。为他们树碑立传，让他们光耀千秋。李世民履行了自己的承诺。

可是，他手上的鲜血，也是不少的。

李世民，这是怎样一个人？

故事开讲之前，照样先拿出一份他的简历吧。

姓名：李世民

庙号：唐太宗

在世时间：公元598—649年

星座：水瓶（众所周知，此星座有点神经质）

出生地：武功县别馆（顺产）

民族：汉族（带点胡人血统）

职业：军人、艺术家、皇帝

别号：天可汗（即"天下之主"，帝王的最高荣誉）

身体状况：消化道疾病、高血压（遗传）

陵墓名称：昭陵

代表作：《帝范》《贞观政要》

# 3

在中国最出名皇帝的排行榜上，李世民能挤进前五强。他执政的二十三年，堪称中国封建社会里十分绚烂的时期。

李世民活了五十二岁——前二十九年，他是勇敢的战士；后二十三年，他是一个勤奋的皇帝。出生于军队大院，天天体内的血，都突突地流，那是武士的不安本分的血。他很早熟，十四岁的时候，作为娃娃兵带头人，就随父亲四处打仗。

因为隋的暴政，当时北方到处是武装起义。在参与镇压的同时，李渊的兵力猛增。公元 615 年，父子俩还去山西忻州的雁门关，营救被突厥人包围的隋炀帝杨广。搏杀之勇，忠诚之情，令隋炀帝很是感动。其时谁也没想到，后来李渊李世民父子会成为隋朝的掘墓人。

……

李渊对这个儿子很满意。李世民力大无比，他最爱的武器是一张两米长的巨阙天弓，能百步穿杨（估量射雕没什么问题）。艺高人胆大，打仗的时候，他还经常只带一个警卫员去前线侦察。他这个人也特别自信，虎牢关战役的时候，他对大将尉迟恭说："我拿着弓箭，你持槊相随，百万大军又奈我何？"

十五岁的时候，李世民就结婚了，他的妻子是长孙氏，其时只有十三岁。她是前隋右骁卫将军之女，八岁就死了父亲。她非常要强，后来成了李世民事业上的助手，尤其擅长借古喻今，指出丈夫的失误，保护了很多敢于直言的大臣。长孙氏是中国历史上最出色的皇后（或许没有之一）。她还先后为李世民生下三子四女，其中包括李世民的接班人、唐高宗李治（武则天的老公）。

# 4

李渊有二十一个儿子、十九个女儿。

二儿子李世民，比其他人的能力，高出太多。他在密室也承诺过，事成，当立世民为太子。可是他食言了。言而无信，后果是严重的。

整整八年，李建成的太子位，从来没坐稳过。看到二弟的势力很大，为了自保，他和四弟李元吉结成联盟。他们多次组织暗杀运动，通过各种军事行动来削弱李世民的兵权。

……

公元 626 年 6 月底的一天，李世民被下毒，吐血不止。一再退让的李世民，终于下定决心，对大哥和四弟出手。

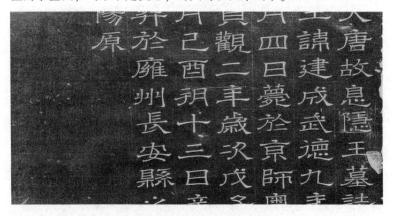

西安博物院藏《李建成墓志铭》

三天后，他命人在皇城玄武门埋伏，杀死了两个兄弟（李建成的五个儿子也被干掉）。这就是历史上著名的"玄武门事变"。

对于三兄弟的血案，李渊痛心不已。他被迫下诏说："今后全国大小事务，先由秦王决定，报给我知道一下就行了。"迫于形势，三天后，他不得不立李世民为太子。事实上，新太子已经成了当时权力最大的人。

不久，在极度痛苦之中，他在太极宫长生殿召见了新太子李世民。

李渊连续责问："为什么，为什么，为什么？"

李世民回复说："这么多年，我一向拿他们当家人，可是他们一直想我死！"

李渊冷笑道："你为什么不连我也杀了？"

李世民拱了拱手说："固然父皇失信在先，但我对您是崇敬的，没有父皇，就没有世民，更没有大唐。"

李渊的泪水在眼睛里打转，摆了摆手，"朕老了，如今是你们的世界了。"

半个月后，李渊退位，称"太上皇"，李世民正式登场。是为唐太宗。

## 5

李世民打仗的时候英明神武，当上皇帝后也毫不含糊。他是一个工作狂，节假日也不歇息。隋朝的灭亡，是他推进工作的最大动力。

在军事上，因为从小就与北方部族接触，他深感一个安宁边境的重要性。即位后，他征讨四方，先后平定突厥、回纥、高昌、焉耆、龟兹、吐谷浑等。李世民是以被西域诸国尊为"天可汗"，也就是天底下最大的主儿。

最为人称道的是，他十分重视人才，喜欢听取他们的意见。按他的说法，"天下共治之"。

其实，对一个最高权力的拥有者，要克制自己的欲望是很难的，也不会有人愿意对他们说真话。李世民不一样。他认为，大臣的意见很重要，皇帝如果充耳不闻，都不会有好下场，于是广

（唐）阎立本 绘《步辇图》

开言路。

　　他亲自选派都督、刺史等地方官。为了把握情况，他命人把重要官员的功过，写在卧室的屏风上，作为升降奖惩的依据。他的效率很高，经常在深夜召见五品以上官员，了解民间疾苦，答不上来的，要打屁股。

　　因为他的开明和严厉，各级官员为政郑重，薄赋尚俭。老百姓走出隋末的战火和痛苦，获得充分休养生息。

　　李世民即位的时候，唐朝只有两百九十万户人口，二十多年后，达到三百八十万户。长安城成为当时世界上最大、最繁华的商业城市之一。"夜不闭户，道不拾遗"，形容的，就是这个时期。

　　甚至犯罪分子都很有良知和信用。

　　公元632年（贞观六年）快要过年的时候，李世民特批全国两百九十名死刑犯回家团聚，打点后事。到第二年秋天行刑的时候，所有囚犯都回到了监狱，无一逃亡。李世民很高兴，认为在本身治下，连犯人都有底线，明事理，知羞耻。

　　他的骄傲，是有道理的。

# 6

一个好皇帝，是由无数个好臣子成就的。李世民的用人标准，是唯才是用。最初他的谋士中，有房玄龄、杜如晦、长孙无忌、杨师道、褚遂良等，个个忠直清廉，独当一面。李世民不计前嫌，重用旧太子李建成旧部，如魏徵、王珪。还有以前在军事上的敌手，尉迟恭、秦琼等。

一般而言，皇帝听到批评自己的言辞，会受不了。所以言官们都是比较谨慎的。而李世民在这方面做到了极致。

"爱卿看看，我还有什么做得不好的?"这句话，几乎成了他的口头禅。

他唯一的要求，是各级官员进谏的时候，要言之有物，言之成理，不能凭空批评。

群臣的积极性，被空前调动。最有名的一个，名叫魏徵。魏的口才极好，主意又多。有时候，一年要给他提两百次意见，平均两天一个。应该说魏老师真的很忘我。在公开会议上，他多次当面批评李世民。李世民不生气。这对君臣，成了一千多年来，人们口耳相传的一段佳话。

李世民也很会聚拢人才。二十多年皇帝生涯中，他手下一向不缺人才，令好多后世皇帝羡慕。如果没有李世民的人才政策和多年经营，绝不会有唐高宗、武则天、唐玄宗年间的盛世。人才，乃是大唐崛起的关键，也是李世民留下的最宝贵的遗产。

# 7

唐太宗的晚年，既喜又忧。

中国历朝历代的政权交接，一样是很难正常的，经常会伴随杀戮和血腥。李世民也没有走出这个怪圈。他的权力是经由杀死大哥、四弟，逼迫父亲得来的。他的晚年经常受此困扰。

公元643年，也就是李世民四十五岁的时候，当朝太子李承乾谋反。这个太子是他与长孙皇后所生，特别得他的宠爱。怎么处置这个孩子，他左右不是。他终于理解父亲李渊当年的心情。

按大唐律，谋反者当死。但李世民实在不舍得，最后只是将李承乾贬为庶人。后来废太子死在荒凉的黔州（重庆）。

此外就是健康问题。众所周知，李世民长得很胖，生活又很优裕，不免患上心脑血管病。

在执政后期，他在行为和思想上，都有了巨变。之前的戒慎恐惧和自我克制之心逐渐放松，享乐思想抬头。随着身体出现毛病（这是当时的医疗水平不能左右的），他也开始尝试吃丹药。这可能是所有皇帝的职业病——幻想长生不老。

史料记载，公元642年前，他特别喜欢外出打猎，人人都能够看到他灿烂的笑容。但是从公元643年开始，一直到公元649年去世，他只外出打猎过一次。有人说，他的健康出了很严重的问题。甚至也有人说，太子承乾被废，魏王泰被贬，对他的刺激很大，他一度想自杀。这么一个心理强大的人，至于吗？

## 8

每个人都有烦恼，皇帝的烦恼，不比普通人少。为摆脱痛苦，李世民开始吃丹药。还吃上了进口丹药。

去世前一年，有大臣向他推荐天竺国（今印度）的一名方士，名叫那罗迩婆娑寐。该方士长须飘飘，吹嘘自己有两百岁，又声称这个世界上，有长生之术。明显是谎言，高智商的李世民却信了。

贞观二十三年（公元649年）春天，经由近一年的攻关和研发，丹药出炉。久病的李世民，形销骨立，气若游丝，毫不犹豫地吞下。没想到就是这剂丹药，让他病情加重。两个月后，太宗在含风殿永别了这个世界。

他曾经是疆场上最勇猛的君王，也是最能跟人打成一片的皇帝。在时间跟前，他败得彻底，遍体鳞伤。

高大的龙床上，躺着他的尸体和权力。

# 武则天的筹码

## 1

一千三百年后的今天，如果一个女演员从来没有演过武曌，她的市场影响力是值得怀疑的。

历史上，再没有任何一个女人，能够像武曌那样，激起人们的强烈兴趣。她的身上，集合了太多富有传播力的因素。权力、财富、杀戮、美貌（性）、背叛、逆转、女权……她自信而迷茫，温柔而狠毒。

作为中国历史上最有名的女人之一，她的生命跨越七八两个世纪，历经太宗、高宗、中宗、睿宗四朝。她当过皇后，做过皇帝，一生经历无数风雨。她在磨难中实现了辉煌。在本来无路的地方，硬是劈开了一条路。

如果她有座右铭，我估计是——"所谓成功，就是从第一集活到最后一集"。想有所作为，只有一个先决条件，活下来。虽然有时候深一脚浅一脚，但总体而言，她越活越好。

十四岁开始，她就活在聚光灯下，直到八十二岁离开这个世界。唯一的对手，是时间。直到生命的最后时光，她才被孙子们钻了空子（"神龙政变"中下台）。她微微笑了一下，转身走向生命最虚无之处。

可惜吗？一点也不。

她在宫斗中完胜，又在前朝呼风唤雨。绝对的前无古人，后无来者。后来，太平公主、韦后、李隆基等儿孙辈，争相效仿复制她的人生，一个比一个狠。"你走你的路，我也要走你的路。"

她更为人所知的名字，是"武则天"。因为她死后，被隆重追认为"则天大圣皇帝"。则天，意即"以天为法，治理天下"。这个名字很好，清除了国内外敌对势力针对她的一些歪曲抹黑。同时也体现了天、地、人的高度统一。

## 2

是历史选择了武则天。

她的家族很牛，经商赚了不少钱。早期资助过李渊的事业，既出人又出钱。李渊当年出差在外，为保人身安全，经常住在武家。唐朝建立之后，武则天的爸爸武士彟，因此获得奖赏，升任工部尚书，封应国公。

唐太宗即位后，武爸爸又历任豫州都督、利州都督、荆州大都督。都是有实权的岗位，是结结实实的回报。

但是武则天的童年并不幸福，她经常被两个堂兄欺负。贞观九年（公元635年），武士彟死在荆州大都督任上，享年五十九岁。他后来续弦的妻子杨氏，立即被两个堂兄武惟良、武怀运及兄长武元爽扫地出门。同时被赶走的，还有她的三个女儿（武则天是老二）。

杨氏其实很有来头，她父亲是隋朝宰相杨达。可那已是昨日的辉煌。她带着几个女儿，租了个房子，艰难度日。是不是很惨很悲伤？但我要告诉你，悲伤使人格外敏锐。武则天暗下决心：胜利不会向我走来，我要向胜利走去。被驱赶的经历，令她很没有安全感。也是从那个时候开始，她就开始积累与人斗争的经验，从人生的夹缝中寻得活路。

这里要特别交代一下，在武则天出生的时候，曾经发生神秘而无法解释的事情。我怀疑是武则天上位后，组织写作班子编出来的。不过很有意思，照录于此。当时唐代火井令（宫廷"神职"类官员，相当于高级神汉）袁天罡回京，走到朝天关山上，看见利州方向"有王气"。刚好武士彟邀请袁老师到府上做客。彼时武则天尚在襁褓之中，穿男孩服装。袁天罡看后惊讶地说："龙瞳凤颈，极贵验也。"又小声说了一句，"若是女，当为天子。"武爸爸吓出一身冷汗。

她的第一个筹码，是神秘。

# 3

公元 638 年，也就是武则天父亲逝世三年后，李世民最钟爱敬重的皇后长孙氏去世。为填补感情空虚，他在民间大量选妃。十四岁的武则天入宫。但在长达十二年的时间里，她一直没有得到李世民的临幸，地位一直停留在入宫时的五品"才人"。

人比人，气死人。与武则天同一天入宫的美女徐惠，因为李世民的宠幸，不过几年时间，便由"才人"升到"婕妤"，再由婕好升到一品"充容"，将武则天远远甩在后面。武则天不服气。

有人说，其实李世民早见过武则天，也垂涎她的美貌。可是他很忌惮这个女孩，因为宫外一直盛传，今后乱大唐者，为一武姓女子。其实他只要杀光姓武的后宫女子即可，但对武美女，他有些迟疑。为什么下不了手，我也不知道。

我相信在李世民的内心，一直会记得武美女刚进宫时的一次对话。那次对话，令他对这个女孩刮目相看。当时有人献给李世民一匹少见的烈马，名叫"狮子骢"，就是说像狮子一样凶猛，难以驯服。李世民问计于人，没有一个人能搞定。这时，刚过十四岁生日的武则天站出来，不急不缓地说——"妾能驭之，然需三物，一铁鞭，二铁楇，三匕首。""铁鞭击之不服，则以铁楇锤其首；又不服，则以匕首断其喉。马供人骑，若不能驯服要它何用。"这段话的意思是，驯马只需三样东西，即铁鞭、铁楇和匕首。久经沙场的李世民，望着稚气未脱的武则天，倒吸一口凉气。这话从一个十多岁的女孩口里说出来，确实很恐怖。

典型的武氏风范。

中国历史上，后宫的斗争十分残酷激烈，很多人为了自保，不得不从温柔走向狠毒。只有武则天是个例外，她的起点很高，从小就心狠手辣。

她的第二个筹码，是毒辣。

## 4

李世民的接班人李治是个很软弱的家伙。皇位本与他无缘，但因为之前的太子造反，其他皇子又很强硬，最后李世民看中的，反而是李治的软弱和善良。李世民认为，李治做皇帝，其他皇子的安全有保障，接班引起的震荡最小。可是他漏算了一个人，那就是武则天。在他病重期间，李治已经开始与大自己三岁的武则天眉来眼去。李治当上皇帝后，马上把在感业寺当尼姑的武则天接回皇宫。

其实，她能入宫，与当时的皇后王氏有关。王氏担任皇后这样的重要职务多年，肚子一直不见动静，后宫老大的地位，遭到得宠的萧淑妃的极大挑战。所以她急于让武则天入宫，联手对付母因子贵的萧淑妃。

武则天时年二十六岁，已经蹉跎了不少青春岁月。长年遭冷落，李世民死了，她还要相伴青灯古佛，安静了，也更冷了。与其怀才，不如怀孕。李治到尼姑庵看望过她几次，这样，她在入宫前，就怀孕了。

她是个狠角，刚入宫，不顾肚子里的孩子，就展开了凌厉的攻势。在她的助攻下，萧淑妃火速败下阵来。然而王皇后没有等来皇帝的宠爱，因为李治在情感和政治上，都开始空前依赖武则天。没有永恒的朋友，也没有永恒的敌人，只有永恒的利益。王皇后又开始与萧淑妃勾结，对付武则天，但为时已晚。

那是关键的一战，武则天下了血本。史上一直有个传说，可信度还是颇高的。有一次，王皇后假装关心，去看望刚生下女婴的武则天。皇后离开后，武则天亲手掐死了自己的亲生女儿，嫁祸给王皇后。王皇后一生坚持斗争，估计碰到这种情况，也是傻眼了。李治信以为真，此后对王皇后十分厌恶，直至废后。

武则天是一个投资大师。只是，她的筹码，都是带血的。敢拿骨肉来宫斗，以时间换空间，这不是每个后宫女子都能做到的。

她的第三个筹码，是杀亲（这在她人生的后半段，经常发生）。


## 5


废除王氏的皇后头衔，被提上议事日程。虽然遭遇一帮老臣反对，但李治下了决心。他有自己的政治考量——摆脱关陇集团元老的控制。这一过程有两个标志。一是公元655年，武则天成功上位皇后，干掉政治对手王皇后和萧淑妃（都有关陇背景）。二是公元659年，关陇集团德高望重的扛把子长孙无忌被贬。大家知道，李唐王朝的切肤之痛，一直就是关陇集团的控制。就连之前开创"贞观之治"的皇帝李世民，也颇受掣肘。

武氏从此一家独大，走路都带风。她的风头之劲，连深爱他的李治也颇感威胁。

众所周知，李治患有严重的遗传性高血压（三期），不能保证正常工作。在这种情况下，武则天的话语权越来越强。很多老臣牢骚满腹，反对武则天的力量开始合流。最严重的一次，李治火冒三丈，命人立即起草诏书，老子要废后。刚写完一半，武则天闻讯赶来。她很清楚自己的处境，当然她更了解李治的个性。于是她当场演了一场戏。这场戏，应当是中国表演史上的殿堂级作品。她跪在地上，痛哭不止，回忆了与李治共同奋斗的岁月，以及坚守爱情的不易。她这一哭，李治也泣不成声，把责任都推给了上官仪等大臣。两口子涛声依旧。

她的第四个筹码，是演技。


# 6


显庆五年（公元660年）十月，唐高宗的高血压又犯了，目不能视。百司奏事，由武则天裁决。武则天确实很聪明，不管是对人心的洞察，还是对政事的把握。高宗的病情日重，武后由幕后听政，逐渐变成台前辅政。

弘道元年（公元683年）十二月初四，唐高宗驾崩，临终遗诏：太子枢前即位，军国大事有不决者，兼取天后进止。高宗的遗诏，是留给武则天的"尚方宝剑"，成为她日后临朝的法宝。

为了做好舆论准备，武则天躲在幕后，导演了一场"万人请愿"的好戏。大家懂吧？就是几万人大签名，写血书，请求武则天上位，当皇帝。无独有偶，这种场面，王莽当年也"遇到"过。百姓有所呼，朝廷有所应。天授元年（公元690年）九月初九，六十七岁的武则天，在六万军民的拥护下，登上皇帝宝座。

河南洛阳龙门石窟卢舍那大佛造像，相传其面部形象为仿造武则天面容雕凿而成

经过两年整顿，她彻底消除了政敌，内政巩固，令行禁止。她还勇敢地与西北边的吐蕃、突厥开战。

她的第五个筹码，是智慧。

## 7

为了控制朝政和国内舆论，从公元686年开始，武则天就大量起用酷吏。他们滥用刑罚、残害无辜。这些酷吏中，有周兴、来俊臣、索元礼、刘光业、万国俊、王德寿、鲍思恭、屈贞筠等人。他们研制了很多器物，颇有创造性。比如铜匦，就是那个时期发明的。

发明时间：垂拱二年（公元686年）；

专利所有人：鱼保家（鱼承华之子）。

简单介绍一下，那是一个四面开口的意见箱，中有四隔，以受表疏，可入而不可出。东面口曰延恩，献赋颂求官职者投之；南面口曰招谏，言朝政得失者投之；西面口曰伸冤，有冤枉案情者投之；北面口曰通玄，言天象灾变及军事密计者投之。分别由不同的人员管理，及时收集上报。是不是特别有创意？这样的发明，在武则天掌权时期，层出不穷。公元七世纪后三十年，堪称发明的大时代。

……

让我们闪回到武则天十四岁那年。

当她走到那匹烈马面前的时候，摸着它的脑袋，说了句话。

"你不会白死的。"

"生而为人，对不起！"

# 如果要找个皇帝做朋友，我首先会选他

*1*

说到古代杰出皇帝，人们马上会提到前四把交椅——秦皇汉武，唐宗宋祖。但是在这四人里，"宋祖"的流量，又远不及其他三人，我相信他心里是不服的。洛阳人赵匡胤，在历史上的地位，确实被大大地低估了。

很多深爱历史的人，他们心目中的最爱，不是唐朝，也不是明朝，而是宋朝。知道为什么吗？因为老赵御宇之初，就定下很多基本国策，对中国文化的涵养，影响极其深远。

天下那么多武将文人，野心勃勃，为什么历史选择了赵匡胤？十年间，他何以从流浪汉变成一国之君？可能就是因为厚道，他是一个能与所有人做朋友的人。

如果皇帝俱乐部里也有"民意测评"，那秦皇汉武的武功有余，文治不足，有些好大喜功、穷兵黩武，唐太宗虽被称为"贤君"，却有弑兄夺位的黑历史。没谁比得上宋太祖。

宋太祖葬地永昌陵现状图

事实上，后人是这么评价赵匡胤的——他具有完美的人格魅力——心地清正，嫉恶如仇，宽仁大度，虚怀若谷，好学不倦，勤政爱民，严于律己，不近声色，崇尚节俭，以身作则。几乎能用的好词都用上了，显得有些肉麻。

这样看来，赵匡胤算是道德模范了。

## 2

就像历来开国的君主以武力起家一样，赵匡胤也是职业军人出身。

他生在军队大院，身材魁伟，有一副好身板，膂力惊人，这些在靠蛮力称雄的军营里，本身就是一大优势。

他曾骑着一匹烈马，从斜道登上城楼，中途额头不慎撞上门楣，从马上跌落，看到那一幕的人，都以为他必死无疑，可是赵匡胤比较皮实，他站起来拍拍衣服上的灰尘，再次跃上马背。

这个人的运气，也不是一般的好——一次在朋友家玩，看到屋外有麻雀斗殴，他就带朋友们去捉麻雀，刚出门，屋子就塌了。

他又是一个武艺高强的江湖好手，最擅长使的就是拳法和棍法，《水浒传》开篇就称赞他"一条杆棒等身齐，打四百座军州都姓赵"。这也并非是施耐庵没来由的一通瞎吹捧，戚继光的《纪效新书》就记载了"宋太祖有三十二式长拳"。金庸老爷子更是在他《天龙八部》里把这个武功写到乔峰大战聚贤庄的精彩片段里，说乔峰打败少林高僧用的就是由宋太祖赵匡胤开创而流传下来的"太祖长拳"，而且说当时天下学武之人，人人熟习。

## 3

除了具备军人的体质和武艺之外，赵匡胤义气也是出了名的。

著名的京剧曲目《千里送京娘》，讲述的就是赵匡胤义务护送遭难的年轻女子赵京娘回乡的故事。孤男寡女的，很容易出事。旅途之中，京娘果然对老赵心生爱慕，想要托付终身，但赵匡胤认为这么做不地道，是乘人之危，毅然拒绝了京娘的感情，最终只拜为兄妹。虽然小说家言，不足凭信，但就义气而言，赵匡胤现实中也做得很好。

晚唐五代，军中盛行义父子、义兄弟这样的义亲关系，军士纷纷寻找意气相投者结拜，以结成势力。赵匡胤因为人缘极好，当时与他以义气相结者很多，其中最著名的就是"义社十兄弟"，除赵匡胤外，另外九人分别是杨光义、石守信、李继勋、王审琦、刘庆义、刘守忠、刘廷让、韩重赟、王政忠。他们多数是手握兵权的中上层军官，与赵匡胤交情莫逆，纷纷团结在他的周围，后来成为赵匡胤陈桥兵变、登上皇位时的主要军事后盾。

# 4

黄袍加身之后，赵匡胤并没有像以往的开国君主那样，残酷地清洗前朝的皇族，杀个鸡犬不留，而是对后周皇族礼遇有加。他封周世宗柴荣的儿子柴宗训为郑王，其母符太后为周太后，并赐予丹书铁券，保柴氏一族永享富贵。

他还留下政治遗嘱，"柴氏子孙有罪，不得加刑，纵犯谋逆，止于狱中赐尽，不得市曹刑戮，亦不得连坐支属"。也就是说后周皇室后裔犯了一般的小罪，就不要加以处罚了；即使是犯了谋反这样的大罪，非死不可，那也就在监狱里让他们自尽就完了，不必大张旗鼓地拉到街上砍头，也不必让他们的家人连坐受罚。这可说是尽最大努力地给他们保留体面。

甚至，宋太祖将这一规矩刻入"三誓碑"，要求后世继任的皇帝都务必遵守这一誓约。这也是后来《水浒传》里身为后周皇族子孙的柴进敢于收留那么多反抗官府的草莽英雄，却不受法律制裁的护身符。

由于权力过于集中，很多皇帝是易燃易爆体质，而赵匡胤为人非常豪气，说话做事都喜欢放在明面上，直来直去，十分干脆。

开宝八年（公元975年），宋国准备征讨南唐，当时的南唐国主李煜（没错，就是那个天才词人）立马派出当时以辞令见长的使臣徐铉，百般争辩，说江南臣事中原朝廷向来以小事大，执礼甚恭，进贡也未曾短缺，讨伐要讲究名正言顺，朝廷没有理由攻打南唐，请求撤兵。

当时宋廷群臣也是苦于没有战争借口，但赵匡胤直接就对使臣说："不须多言，江南亦何罪？但天下一家，卧榻之侧岂容他人酣睡。"那意思很明确，没有理由，就是开打，我不允许我身边还有其他势力存在。

（宋）张择端　绘《金明池争标图》，图中是宋初为征伐南唐、训练水军而在开凿的金明池

## 5

作为直脾气的皇帝，他又能做到信守承诺，言出必行。当时吴越国王钱俶虽然割据东南，但名义上还是臣服中原朝廷，在宋灭南唐的时候出兵帮助宋朝。

宋太祖赵匡胤对此十分感激，他很想亲自见一见这位雄踞东南的吴越国王，因此他要求钱俶来开封朝见，并以皇帝的名义答应保证钱俶的人身安全，允诺他事后放他回去。

于是，在开宝九年（公元976年）的正月，钱俶携王妃孙氏、世子钱惟濬自杭州出发，前往汴京觐见太祖。老赵命人在礼贤宅为钱俶营建府第，并给予很多赏赐。

当时宋朝群臣觉得这是扣留钱俶、要求吴越国纳土归降的绝佳时机，纷纷上书要求扣留钱俶（事实上，这一招真的很有效，数年后宋太宗这样干，果然兵不血刃收服了吴越国）。但赵匡胤拒绝了这个不厚道的提议，还当面做出承诺——"尽我一世，誓不杀钱王"（只要我还活着，就不会杀你）。

不仅如此，赵匡胤在钱俶返回杭州之时，赐给钱俶一个黄皮包袱，叮嘱他"途中密视"（回去路上自己偷偷地看下）。钱俶回去的路上打开包袱，发现里面全都是宋朝的大臣们劝说扣留钱俶的奏折。然而没想到赵匡胤如此仗义，由此对赵匡胤和宋朝更加忠心。

## 6

唐末以来，武夫专权，天下黑暗。老赵当上皇帝之后，果断实行"右文抑武"的基本国策，彻底扭转了唐末以来用拳头说话的不正之风。

他的子孙几乎都很文艺，这使宋代的文化空前繁盛，以至于后人赞誉说，"宋朝是文人的乐园"。

没有赵匡胤，就没有"不得杀士大夫及上书言事人"的遗训。没有这个遗训护身，也许后来就没有苏东坡、王安石、范仲淹、欧阳修、辛弃疾……为了让自己的厚道延续下去，他不惜用狠话来约束未来的子孙——"子孙有渝此誓者，天必殛之"。

史学家赵翼评价说，"宋太祖以忠厚开国，未尝戮一大将"。与很多开国之君的穷凶极恶相比，赵匡胤简直就是大善人。

能与他一起创业，是幸福的。

# 宋仁宗：一个厚道人与他的时代

## 1

厚道，现在越来越引起人们的重视了。比如，我的系列童书第一辑将出版，求易中天老师在封底推荐，他以非常快的速度给了我十二个字——"所有成功，缘于厚道，哪怕爆笑"。

熟悉我写作风格的读者都知道，本人一直在讽刺那些精致的利己主义者，以及挖空心思钻营的人，喜欢踩别人的家伙。正因为对他们很不屑，所以囚徒的笔触，经常停留在那些厚道的古人身上。估计这一点，自己是一辈子都不会变的了，总是希望人们能变得慢一点，笨一点，而不是相反。

一般人厚道，已经很值得褒扬。对身居高位的皇帝来说，能保持厚道的姿态，就更难了。因为皇帝执掌着最高权力，为了确保自身安全和国家正常运转，他完全有理由不厚道。

那些历史上"最优秀"的皇帝，你是不敢跟他们做朋友的，因为他们笑完，可能就会要你的命，毫无安全感可言。是的，杀你没商量。但是，有的皇帝真的一点也不邪恶，就像邻家大哥一般可亲。

## 2

宋仁宗赵祯就是这样一个先进典型，堪称"皇帝俱乐部"亲善大使。

宋代的皇家教育里，也有厚黑学和驭人之术，但与某些朝代相比，已经非常仁慈平和了。尤其是开国皇帝赵匡胤，留下"不杀文人与谏臣"的遗训，权力似乎变得

故宫南薰殿旧藏宋仁宗像

温柔起来。这让宋成为中国历史上比较特殊的一个朝代。

宋朝皇帝，都有文艺细胞，比较注意做事的艺术，赵匡胤当年"杯酒释兵权"就是典型一例。用两个字形容，就是"善良"。在这方面，作为宋真宗的第六子（他的五个哥哥都夭折了）、大宋第四任皇帝，赵祯做到了极致。

他十三岁登基，一直干了四十二年，是两宋期间坐龙椅时间最长的皇帝。很多人提到他的好脾气，一定会讲这样一个故事——当年包拯任监察御史和谏官期间，曾多次跟他当面理论，唾沫星子都飞溅到他脸上。在别人看来，这算是龙威尽失了，当事人怎么发脾气、发神经都不为过。事实上，仁宗的爸爸真宗、儿子英宗，都患家族遗传抑郁症，有精神病倾向。真宗晚年，把

年号都改成了"大中祥符"，似乎对俗世已无兴趣。可是仁宗不介意，他一边微笑，一边以衣袖擦脸，最后还接受了包拯的合理化建议。就这一点来看，仁宗之胸怀，在宋朝皇帝里又是登峰造极了。

真的是前无古人，后无来者。

# 3

很多人在研究一个问题，为什么宋朝能出包拯，能出欧阳修，能出晏殊，能出柳永，能出范仲淹，能出苏轼。很简单，因为出了仁宗这样的皇帝。

仁宗并非是非不分，相反，他的眼光很毒。仅凭一篇策论，他就判断苏轼兄弟大有前途，按捺不住内心的兴奋，对皇后说："又为子孙得太平宰相两人。"历史上有"仁宗养士，三代受益"的提法。这么说，很贴切，完全没毛病。

他对人才，简直是溺爱和纵容。有他的宽容，大宋的人才密密麻麻地生长起来，茂盛葳蕤。像艳情词人柳永那种人，自由散漫，胆大包天，敢于讽刺最高权力。如果没有一个宽容的环境，早被砍头无数次了。

嘉祐二年（公元1057年）的科考，号称天下第一，出了无数名人。及至后来，人才有些泛滥。

政治方面，有范仲淹、吕夷简、杜衍、包拯、韩琦、富弼、文彦博、狄青、张方平、范镇、吕惠卿、宋庠、曾布、章惇、王安石……

文化方面更多，有苏洵、苏轼、苏辙、曾巩、欧阳修、柳永、晏殊、宋祁、梅尧臣、苏舜钦、黄庭坚、张载、周敦颐、程颢、程颐、沈括、宋敏求、范祖禹……

是不是眼睛都看花了？这些人，大部分人比仁宗还有名。这正是仁宗可骄傲之处。他完全可以仰天说一句——我愿意，为这些牛人们做背景！

谁说仁宗是面目模糊的老好人？

厚道的人，总是越来越发光的。


### 附：仁宗二三事

1. 嘉祐六年（公元 1057 年），苏辙参加制举科殿试，在试卷里愤然写道："我听人说，宫中美女数以千计，只以饮酒作乐为生；皇上既不关心百姓疾苦，也不跟大臣商量治国安邦大计。"放在其他任何朝代，苏辙肯定脑袋搬家，但仁宗说："朕设立科举，本来就是要欢迎敢言之士。苏辙只是一个小官，敢于如此直言，应该特予功名。"最终，苏辙与兄长苏轼同登制举科。

2. 四川有个落魄文人，献诗成都知府，"把断剑门烧栈道，西川别是一乾坤"。鼓动四川割据独立。成都知府赶紧上报朝廷。仁宗一眼看透，说："老秀才要官耳，不足治也。给他个小官。"

3. 仁宗似乎没什么主见，政事无论大小，都交给廷臣公议，议出一个结果再施行。时人说仁宗"百事不会，只会做官家"，但也有人说，这正是仁宗"无为而治"高明之处。

4. 欧阳修写过一篇《朋党论》，为朋党正名，提出君子结党之说，开北宋政党政治雏形之理论先河，一般这都是统治者警惕的。但仁宗"终为感悟"，觉得朋党是有存在价值的。

5. 宰相夏竦死了，仁宗很痛惜，大方地给他赐了个谥号"文正"。状元出身的刘原父很不爽，上疏质问皇帝："谥者，有司之事，陛下奈何侵之乎？"仁宗很不好意思，最后把谥号改成了"文庄"。

6. 仁宗有个大臣叫张知白，说话从来不避讳。有一天仁宗找他谈话，说他孤单的原因是说话太直，不懂得迂回。张知白硬生生回了一句："臣非孤寒，陛下才孤寒。"张知白的话戳到了皇帝内心的痛处，因为几个皇子确实都夭折了。但仁宗没有较真，更没有降罪，张知白继续做台谏官。

# 比战马和砍刀更厉害的东西

## *1*

虽然富有天下，但家族遗传病就像个恶魔，一直困扰和威胁着唐朝、宋朝的皇帝们，令他们战战兢兢。

唐朝从李渊开始，遗传的是高血压，到第三任皇帝高宗李治的时候更为严重，终日头疼，几乎目不能见，难以正常工作，后来权力才进一步转移到武则天手上。整个唐朝，由于缺乏有效的降压药，有七个皇帝死于高血压（当时叫风疾）。

宋朝皇族的遗传病是类似神经紊乱一类的疾病，由于不是专业人士，囚徒无法说得更多更深。反正从赵匡胤开始，病灶逐步显现，同样到第三任真宗（他大哥赵元佐因醉酒纵火被废）的时候，达到一个小高峰。大宋的第五任皇帝英宗疯疯癫癫，只活了三十五岁。他还不是最惨的。

相比较而言，在家庭生活中最惨的，可能是第四任皇帝仁宗。简直闻所未闻，惨不忍睹。本来皇位轮不到仁宗，因为他前面有五个哥哥。但活到成年的，只有他。

这个魔咒同样折磨着仁宗——他一辈子生了十三个女儿，三个皇子，几乎全部早死。他的长子叫赵昉，景祐四年（公元 1037年）五月初九，刚出生就夭折了。二十七岁的仁宗用了好几年才从悲痛中走出来。次子赵昕于公元 1039 年出生，不到四岁也病死了。三子赵曦，与二皇子赵昕同年出生，长到两岁时与赵昕同年去世。此后，仁宗再也没有享受过父子之欢。

令人悲痛的是，他的十三个女儿也很少活到成年。其中八个早夭而亡（值得一提的是长女福康公主，既聪明又孝顺，后来因为婚姻不幸而精神失常，死的时候三十二岁）。

有时候我想，这个结果会不会是宫斗导致的？毕竟，争风吃醋只是后宫的常规战争，如果夹杂夺嫡那就是核武级别了。可是，如果是宫斗导致，为何公主们也会有如此残酷的结局？说不通说不通。

## 2

只有一个可能，那就是家族的基因。

实在难以想象，当孩子们一个个离开的时候，仁宗的心情是多么低落，眼泪都不够流。即使贵为天子，也有太多无可奈何之事。最无奈的，就是生离死别。白发人送黑发人的状况多次发生后，仁宗的脾气仍然出奇的好，对人更加真诚友善，真的很不容易。或者说，他找到了抵御人生痛苦的一剂良药，那就是把对人友善进行到底。

他的道德和事迹，之前说过不少了，这里再添几条。

一次，他去看某个妃子，进门就喊口渴，将一大碗水一饮而尽。妃子问他，到处都是水，为何一直忍着？仁宗说，一路上，他发现宫女和太监们并没带纯净水，如果他提出来，大内主管肯定会责罚这些下人。

还有一次，他加班到深夜，想喝羊肉汤，同样忍住没说。皇后想不通，问他说，你说出来，让御厨准备不行吗？仁宗说，如果开了这个先例，那以后不知道有多少牛羊遭殃，我还是忍一忍算了。

大家看看，是不是觉得仁宗活得很憋屈？我是已经看不下去了。

还有。有天他吃饭的时候，嚼到了一粒沙子，赶紧吐出来。"你们千万别把这事说出去，对做饭的人来说，这是死罪啊！"他左右看看，偷偷对身边侍奉的人说。

我是彻底服气了。如此善良，应该是我们能想象的好皇帝的极限了吧？

### 3

除了孩子们的伤心事，仁宗的爱情与婚姻也不是太理想。虽然家庭生活是这个样子，却丝毫没有影响仁宗的本职工作（虽然后来他曾试图自杀）。对他来说，抵御痛苦的另一剂良药，是变成一个真正意义上的工作狂。也只有在他御宇时期，才会有老夫子范仲淹的得势，才会有那句走红的千古金句——先天下之忧而忧，后天下之乐而乐。

和众多皇帝一样，他的偶像是唐太宗，他的办公室、卧室都挂着李世民的画像，没事就多看两眼，日日激励自己，勤政为民，呕心沥血。别的皇帝可能只是做做样子，他是真的有明君情怀的。他的案头，永远都有一本精装版的《贞观政要》，稍有懈怠，就翻开阅读，以资警醒。李世民喜欢纳谏，赵祯就学着对臣子容忍，简直有些病态和可怜。李世民崇尚节俭，赵祯就带头穿有补丁的衣服，让追逐奢华的后宫女性汗颜。日深年久，他的心性居然超过了自己的偶像——那个三百年前的"天可汗"。

……

因为对军阀之害有非常深刻的认识，宋朝开国便定下抑武之国策，国家治理以文臣为主，连打仗都是。所以，后来的宋朝皇帝，都要面对一个尴尬，就是派文人带兵上战场。所谓术业有专攻，学文科的数学怎么能考过理科生？连试卷都不一样。但仁宗是做过很多努力的。

当时，宋最大的敌人是辽国，其次是西夏。仁宗想到一个聪明的办法，联辽攻夏。果然很有效。这种军事思想，后来被宋朝的继任者们反复运用。先是联合金国灭辽，后来又联合蒙古灭金。我自己一个打不过你，我就打群架。

仁宗还以一个文科生的理解，写下四本兵书——《攻守图术》《神武秘略》《行军环珠》和《四路兽守约束》。请记住，是亲手书写，不是臣下代笔。真的为国家操碎了心。

# 4

这样的好人，劳模，真是令人老感动了。

正因为这样，仁宗去世的时候，连乞丐都是要抱头痛哭的。公元 1063 年，仁宗因病医治无效，在汴梁去世，享年五十四岁。市民们停止买卖，焚烧纸钱，一时天日无光。这不是我编的。史书中说："京师罢市巷哭，数日不绝，虽乞丐与小儿，皆焚纸钱哭于大内之前。"

当时某位著名诗人正在偏远山区出差，他在自己的作品中，记录了山区妇女们头戴孝帽呼天抢地的情景。皇帝去世，举国同悲的情景，在中国历史上，其实是很少出现的。因为好皇帝，实在少得可怜。

仁宗的影响力，甚至超越国界。他死后，连敌对的辽国，也为他而哭（"燕境之人无远近，皆哭"）。辽国第八任皇帝耶律洪基显得有些冲动，他抓住宋国使者的手，号啕大哭说："我们两国四十二年没打过仗了呢！"后来耶律老师还专门拨款，给仁宗建了一个衣冠冢，寄托自己的哀思。

这个世界上，有比战马和砍刀还厉害的东西。那就是仁心。

# 乾隆：说说我的四万多首诗

　　虽然我活了八十九岁，是皇帝平均寿命的三倍，但是我觉得自己没有存在感，别人说起我，总是介绍，这是康熙的孙子，雍正的儿子。这也是为什么我要拼命写诗的原因了。是的，我一辈子写了四万多首诗，没有一首重复的。

　　你们评了诗仙、诗圣、诗王、诗魔、诗佛、诗神……但对一个写了四万多首诗的作者，居然没有一点感觉，你们这样做对吗？要知道，我一生写的诗，大致相当于两千余名唐朝诗人所有作品的总和，几乎每天要更新两次。这还是在我日理万机的情况下完成的，整个大清应该不会有人比朕还忙吧？

　　我本不善写诗，大概在公元1745年前后，也就是三十多岁的时候，我忽然对作诗产生浓厚兴趣，作品才变多的。我想说，一个人坚持写诗是很难的，篇篇佳作更不可能。你们喜欢的写诗狂人陆游，一辈子写了九千多首，但大部分是老年之作，那么著名的诗人，不也写过"洗脚上床真一快"这样的句子吗？你们看了是不是有点尴尬？

　　其实我完全可以把写诗的时间用在其他方面，比方说跟后妃猜拳喝酒，多骂几个下属（骂他们就跟骂狗一样），或者再下几次江南。爱卿们觉得我太操劳，一片好心劝我别再写了，可是我没有，我对写诗是真爱啊！

很多著名专家为我的诗站台，开过多次研讨会。认为我的作品结构合理，情感细腻，实在是不可多得的佳作。但也有人诬蔑、妖魔化我的诗作。他们只敢躲在评论区或论坛里，极尽胡评妄议之能事，说我的作品是小学生作文。这些宵小，胆子能大一点吗？他们攻击我写的诗，说那些诗毫无营养，是口水诗。曹操的诗很少，但文人们好像对他特别偏爱。我个人觉得，对他的评价有点偏高，一介武夫，哪会写什么诗？

是大家记性不好，其实我有一首好诗，也进了语文课本。喏，就是下面这首。

## 飞 雪

一片一片又一片，
两片三片四五片。
五片六片七八片，
飞入草丛都不见。

读起来是不是特别特别轻松，一点也不费脑？看了这首，估计你们不想再去读李贺的诗，连李白都不想读。

我说说这首诗的创作背景吧。那年冬天朕和一群妃子在御花园赏花，忽然天降大雪，强烈的灵感袭来，我拿笔就写，但写完前三句，最后不知道怎么收尾。气氛一度很尴尬。这时，一直垂手站在旁边的纪晓岚站出来，用他那低沉的声音吟出了最后一句，后来这首诗就成了传世之作。

在文艺皇帝排行榜上，宋徽宗、李煜总是排名前几，专家说他们才华横溢，作品感人，对此，我心里是很不服气的。他们两

圆明园四十景之别有洞天

个都是亡国之君，是人生的失败者，从气象上比，我就可以甩他们几条街，我是整个皇帝俱乐部最靓的仔。

不可否认，我的诗都有打油性质，比较油腻。但它的可贵就在于随感而发，反映了人生最宝贵的细节和瞬间，这是很感人的，好不好？

俗话说，愤怒出诗人，朕从小就生活好，权力大无边，没有那种愤怒的感觉，也没有落魄和坎坷。我每天的生活，就是文稿批示，找人谈话（包括批评），任命重要官员。我的作品，上至从政、祭祀、巡幸、筵宴，下到读书、泛舟、赏花、品茶等生活小事，题材多样，内容丰富。你们没有用心去体会我的诗，它们不仅通俗易懂，还寄托了我的理想和情怀。

郎世宁等 绘《乾隆皇帝射猎图轴》

对了，在写诗方面，我的老师是杜甫、白居易、元稹，他们的句式通俗浅白，我很是喜欢，我写了几百首诗来模仿。下面这首就是我致敬他们的作品之一，模仿得好不好，大家可以感受一下。

### 咏城墙
远看城墙齿锯锯，近看城墙锯锯齿。
若把城墙倒过来，上边不锯下边锯。

有人一直在诟病，说我的诗大部分是由纪晓岚、沈德潜他们代笔的。我不想说是诽闻，你们说得对，这方面我有一个庞大的亲友团。但绝不是代笔，他们领会了我的思想，用他们自己的文字表述出来而已。

后来沈德潜不识抬举，把与朕联手创作的诗放到他的作品集里，居然公开出版了。对此，我很是不爽，特别特别生气，他死后第九年，我还把他的骨头挖出来鞭尸。

纪晓岚当面跟我提过，说中国诗善于描写意象，融情于景。

建议我在写诗的时候，尽量少用虚词。可朕就是偏爱用虚词。比如下面这首——

> 慎修劝我莫为诗，我亦知诗可不为。
> 但是几余清宴际，却将何事遣闲时。

几个虚词，是不是用得恰到好处？我不在乎营造意境，我只在乎读者是否看得懂。

朕接手大清的时候，人口只有两千七百万，等到朕变老的时候，全国人口达到三亿，这跟废除人头税、鼓励生育有关。可惜教育水平跟不上去，那三亿人里，有两亿九千万是文盲。试问，有多少知识分子为他们写过诗？

质疑我的文字水平的人，可以住嘴了，我接受过顶级的教育，知道什么是佳作，什么是差火。在朕的带动之下，大清出现了很多农民诗人、工地诗人、老板诗人。

最关键的是，正因为我对文字的独到领悟，又懂政治，识破了很多文人的讽刺反叛之作。比如，在六十年任期里，我识破了很多人的不轨企图，先后搞了一百三十五起文字狱。我觉得那些人，就应该长点记性。别以为会写几个字，就在那里摇唇鼓舌。印象最深的那次，是内阁学士胡中藻写了一首诗，里面有句"一把心肠论浊清"。我很生气，一个小小的学士，居然写出"浊清"这样的词汇，思想境界之低，可想而知。我不顾大臣们的反对，将胡中藻满门抄斩。

那次事件发生后，好像整个大清舆论场上，说朕的诗写得好的人，越来越多了。朕的诗集，都是纪晓岚给写的序。他的评价，我觉得颇为中肯。有一段特别中肯，我拿出来跟大家分享。他说："自古吟咏之富，未有过于我皇上者……是以圣学通微，睿思契妙，天机所到，造化生心。如云霞之丽天，变化不穷；如江河之纪地，流行不息……"

多的话不说了，最后我想说说我的一个小心愿。如果你们提到我，希望在善良乾隆、战神乾隆、十全乾隆、政治家乾隆、帅气乾隆等标签后面，可以多一个称呼——诗人乾隆。

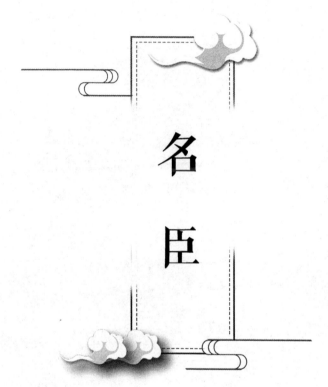

名

臣

# 超级沉默的霍去病

公元前 140 年，如果要评选国内大事，以下三件，当仁不让。

汉武帝问计"学术超男"董仲舒。

陈阿娇（成语"金屋藏娇"的女主人公）被立为皇后。

以及一位姓霍的战神，在山西临汾出生。

## 1

今天的故事，想从一场极其盛大的葬礼说起。说它盛大，是因为在囚徒接触的史料里，还没遇到过。

那是公元前 117 年。整个帝国都陷入哀伤。送葬的队伍，一眼望不到头，几乎半个长安城都出动了。朝廷调遣边境五郡的铁甲军，从首都到茂陵排列成阵，声势浩大。大汉皇帝汉武帝刘彻的情绪也很低落。太监们发现，他的眼角有闪光的泪花。刘彻是大汉第七任皇帝，一向以坚强著称，极少让人看到他的眼泪。这次也忍不住了。

根据国家有关安排，亡者被追谥为"景桓侯"，并被允许安葬于正在修建的武帝陵寝一旁。这种超标准的待遇，只为纪念少年英雄霍去病。霍的坟墓，外形看起来像祁连山，是武帝专门找人设计的。他的本意是，希望自己死后，能永远得到霍去病的护佑。

1914年法国人维克多·谢阁兰拍摄的霍去病墓

同时代、近距离目睹这一切的司马迁，不惜笔墨为小霍写了传记。二十三岁的小霍，有什么了不起的功绩？值得整个国家高调纪念？

这么说吧，如果不是他，大汉的疆土，可能已被残暴的匈奴骑兵搅得七零八碎。汉武帝能创造中国历史上三大盛世之一，真的要感谢霍去病，提供了一个稳定的外部环境。这个环境，完全是打出来的。

## 2

中华几千年战争史，霍去病可以排"战神榜"前三。

他是河东平阳（今山西临汾西南）人，杰出的军事家，官至大司马。他的生命，极其辉煌，十分短暂。十七岁前，他默默无闻，之后忽然爆发。他随大军远征漠北，只带八百骑兵，直捣匈奴巢穴，从此全国人民都记住了"霍去病"这个响亮的名字。十九岁时，他三征河西走廊，将匈奴人逐出祁连山。到二十一岁，他已经是军中主将。只要他在，匈奴人不敢越雷池半步。

遍阅史料，我分析了他的成功之道。

一是巧妙利用骑兵。彼时，中原王朝的步兵为主，已逐步转到步兵和骑兵并重。有了骑兵的速度，他用兵更加灵活，更加果断。他指挥的战役中，屡见长途奔袭、快速突袭和大迂回、大穿插作战。做他的敌人，是不幸的。因为只有一个结局，失败。

二是赢在气势。他是一个天生的冲锋者，拥有强烈的事业心。除了打仗，心无旁骛。刘彻曾想拨重金为他修建豪宅，但是霍很淡然，说出了那句千古名言——"匈奴未灭，何以家为?"仅八个字，却足以令无数有志青年内心激荡，热血沸腾。

三是赢在"以夷制夷"。霍去病打拼的班底，居然全是匈奴裔武士。他如何笼络那些身份尴尬又不服管教的武士，目前还不得而知。只知道，他越打越成功，越打越自信。他总能从最薄弱的环节突破，对敌人实施毁灭性打击。不抓几个匈奴高级别领导，誓不罢休。

可惜，这位少年英雄，在二十三岁的时候，忽然陨落了。像流星，又像烈火。匆忙间，穷尽了自己的一生。

## 3

对霍去病的各种英雄事迹，虽然大家已经很熟悉，但还是想用几段文字，再唠叨一下。因为，实在太值得说了。

霍去病的成名战，发生于元朔六年（公元前123年），当时他十七岁，刚刚成年。当时他跟随名将卫青在漠南（今蒙古高原大沙漠以南）与匈奴作战。那一战，他仅带几百人，狂奔数百里，斩获敌人两千零二十八人（数字那么详细，估计不是编的）。其中既包括相国那样的重要官员，也有单于的祖父辈籍若侯产（籍若侯乃封号，名产）、叔父罗姑比等贵族。

汉武大帝就是从这一战，注意到这个年轻人的。战争结束，立即封其为冠军侯，食邑一千六百户。上来就封侯，这起点，实在是……

关键是，这还只是开始。

仅两年后，十九岁的霍去病于春、夏两次率兵出击，大败河西（今河西走廊及湟水流域）地区浑邪王、休屠王部。看看他的成绩单：歼敌四万余人，俘虏匈奴王五人及王母、单于阏氏、王子、相国、将军等一百二十多人。

霍去病的杀伐决断，更是令人印象深刻。那年秋天，他奉命迎接率众降汉的匈奴浑邪王，结果有降将变乱。霍将军很铁血，立即率部冲入敌营，斩杀变乱者，迅速稳定局势。随后，浑邪王率四万余人归汉。霍去病的老辣表现，根本不像一个年轻军人。

匈奴歌手由此悲鸣，"失我祁连山，使我六畜不蕃息；失我焉支山，使我嫁妇无颜色。"这是匈奴人的血泪控诉。鉴于他们的汉语水平实在不高，我这里就不翻译了。

## 4

看到前所未有的胜利，刘彻有些陶醉。他打上了瘾。元狩四年（公元前119年）春，他命卫青、霍去病（时年二十二岁）各领骑兵五万，"步兵数十万"，寻歼匈奴主力。如此主动，以前是很少有的。

霍去病带着手下，北冲两千多里，歼敌七万零四百人，俘虏匈奴屯头王、韩王等三人，及匈奴将领八十三人。一直追杀到狼居胥山（今蒙古国境内），影响力甚至一度到达瀚海（今贝加尔湖）。

这种进攻性战争，彻底改变了大汉在对匈奴战争中的守势。要知道，偌大一个王朝，以前曾被匈奴欺负得很惨。又是赐礼，又是和亲，低声下气，很是丢脸。现在，中原王朝最为头疼的领土之事，居然被一个年轻人解决。用时仅几年而已。刘彻也很舍得给官帽子。战争刚结束，他就任命霍去病为大司马，管理日常军务。

## 5

其实霍去病，还有一个非常重要的成功秘诀。这个秘诀是天赋的——出身。

这说起来有些矛盾，因为他的身世，有些复杂。他是一个私生子（跟孔子、秦始皇和达·芬奇一样）。他的爸爸叫霍仲儒，是平阳县一个不入流的基层官员。他的妈妈叫卫少儿，是平阳公主府上的丫环。这两人是如何勾搭上的，我不知道。只知道，卫少儿怀孕了，霍仲儒不敢认。用现在的话说，老霍从未尽过一天当父亲的责任。

这里要插播一下，当霍去病艰难长大后，他知道了自己的来历。一次带兵北上，他专门到平阳（今山西临汾）见霍仲孺，跪拜道——"去病早先不知道自己是大人之子！"是不是感觉霍去病做人还挺有境界？

他还把同父异母的弟弟带出道。他的弟弟，后来也是大名鼎鼎，耀眼得很——霍光。

# 6

霍去病的身世，当然远没有那么简单。我来捋一下。

卫少儿有个姐姐，也就是霍去病的姑姑，叫卫子夫。卫子夫长得非常漂亮，有娴德之美。经妹妹介绍，她到平阳公主府上应聘歌女，为平阳公主所注意。平阳公主是汉武帝的亲姐姐，自从外嫁后，无时无刻不想回京。她曾给弟弟物色过很多美女，但刘彻不为所动。现在，卫子夫变成了她的新棋子。

那年刚满十八岁又初掌天下的刘彻，面对卫美女，意思了一下。一年后，他又意思了一下，卫子夫怀孕。卫子夫一辈子，为汉武帝生下三女一男。尤其是那男婴，名为刘据，是刘彻的首个皇子，颇得宠爱，后来成为太子。因为对延续皇室血脉有突出贡献，卫子夫顺利登上皇后之位。

# 7

现在大家弄明白了吧？霍去病尽管出身低微，却神奇地与当时的皇帝刘彻有了神秘的联系。作为外戚，他十七岁时忽然成了朝廷命官，起点不是你我能比的。

有一个能干的姑姑，还不够。他还有一个能打的舅舅，名叫卫青。卫青的口碑，不管在当时，还是历史上，堪称优秀。他是一个低调的外戚。比如，即使他对国家的贡献再大，也从来不养士（门客）。他觉得，养士是危险的，一群人在那里胡评妄议，很容易生事，也会被皇室忌讳。

可是他的势力越来越大，后来连自己都控制不住节奏。他不是为自己活着，而是为一大帮人活着。那帮人愿意为他抛头颅、洒热血。

这样一来，帝国的一号人物刘彻开始睡不着觉。他想了很久，决定培养一个人来制衡卫青。现在他想好了，这个人就是霍去病。

当他拿定主意的时候，霍去病的末路就不远了。

## 8

霍去病究竟是怎么死的？没有人知道。这应该是大汉的最高机密。

一向敢写敢说的司马迁，对霍去病的葬礼，不惜笔墨（包括送葬队伍的来历和衣着打扮，墓的形状，谥号的意义）。但是对霍的死因，他却故意略过。全篇没有一个字，提及霍的意外早卒。实在太匪夷所思。

越是神秘之事，人们越想一探究竟。这可以理解，人类的本性之一，就是八卦心态。那个年代，再也没有谁的话题性，能超过霍去病。你想想，一个天才和英雄，他的事业如日中天，未来不可限量。却突然死了。估计谁都想知道答案吧。

有人说，霍去病的身体免疫有问题，后来被匈奴人的病毒传染致死。还有人说，长年打仗的压力巨大，霍的抵抗力下降，最终亡于某种急症。其实，只要用脚后跟想一想，这些都是无稽之谈。那这位少年战神，到底是谁杀死的？

## 9

唯一合理的想象，是权力杀死了他。

跟岳飞一样，霍去病也介入了皇帝的家事。元狩六年（公元前117年），霍去病已成为大汉第一勇士，战功闪瞎人的眼。这时候，他却忽然上疏，请武帝封皇子刘闳、刘旦、刘胥三人为诸侯王。诸侯王必须"就国"（即去封地居住而不能留在长安）。他的提议，得到了丞相张汤的友情赞助，到后来，很多官员入群支持。

霍去病关注的领域，一向只在战场。他平常是超级沉默的人，这使他有更多时间思考。杀敌、杀敌、杀敌，是他的所有任务。一个武人，为何忽然对文官们成天吵闹又乐此不疲的朝政感兴趣？这不得不让汉武帝警惕。他认定，霍去病在替太子（表弟）刘据扫除异己。面对带头胡闹的霍去病，汉武帝无奈下诏，"交御史办理"。在他看来，霍去病特别能带兵，特别能打仗，但越来越难控制。刚好这时发生了一起特大杀人案，杀人者为霍去病。

事情是这样的。在公元前 119 年的漠北大战中，名将李广自杀。其子李敢认为罪在卫青，偷偷潜入卫府，将其刺伤。次年，为了替舅舅报仇，霍去病当庭以强弓射死李敢。光天化日之下，公然杀人，还有王法吗？汉武帝完全有可能以此为由，定霍去病死罪。

# 10

汉武帝处死霍去病？他舍得吗？囚徒认为，他还真的，不一定舍得。如果真是他处死霍去病，还会让霍墓离自己的陵寝那么近吗？岂不是死后都不得安生？那只剩下一种可能，有人设计杀死了霍去病。

霍去病是有性格缺陷的，他惜字如金，过于沉默，很少为自己辩解。成名既早，难免心高气傲。也许他无意间介入了一些纷争，却足以要他的命。要知道，有些人手里的刀，是杀人不见血的。平阳公主就是这样一个阴险的人。这是一个出生富贵、情路坎坷的女人。她一辈子嫁了三次，这在古代极其罕见——

第一任丈夫：平阳夷侯曹寿（西汉开国功臣曹参曾孙）。

第二任丈夫：夏侯颇（西汉开国功臣夏侯婴曾孙）。

第三任丈夫：卫青（汉武帝刘彻的皇后卫子夫的弟弟）。

在失去前两个老公后，她变得极其没有安全感。

这是一个热衷权力运作的公主，一手捧起卫子夫以及卫青。卫氏家族，是她最得意的作品。一旦霍去病崛起，挑战了卫家的权威，她就必须在卫霍之间做一个选择。她是一个善于投资，也敢于投资的人。当然选卫家。即使当朝皇帝、她的亲弟弟刘彻"尊霍抑卫"，想动她的蛋糕，那也不行。皇家嘛，哪有什么亲情？

# 11

有一个历史细节，最后想重点说说。

公元前 139 年，霍去病仅一岁。那年，平阳公主还年轻，她亲自送卫子夫入宫。她悄悄拍了拍卫子夫的背，说了一句话。"以后发达了，可别忘记我"（即贵，愿无相忘）。现实、功利的老公主一枚。

如果霍去病真的死于她手，也属正常。这个世界上最锋利的刀，永远不是战场上的钢刀，而是狠辣难测的人心。

# 狄仁杰：其实老夫是一个卧底

大家好，我是狄仁杰，囚徒前两天写过一篇公元 676 年，帝国最刚硬的男人，写得很好，就是更新太慢，此事有些蹊跷，疑似饥渴营销。难道作者不知道世界上最残忍的事情之一，就是"未完待续"？有的人说得更粗俗，更离谱。

算了，下面的故事，还是老夫亲自来讲。知道大家心里有很多的感叹号，还有更多的问号。老夫今天有空，为你们一一道来。为了方便大家听故事，我从自己的几个角色分开讲吧。

## 政坛硬汉

年轻的时候，我是个工作狂。你从来不会在大唐的任何一个公园、酒馆或电影院看见我。

除了在开封法庭做书记员、在太原做法官，我还在很多地方任过职，比如度支郎中、宁州刺史、冬官侍郎、江南巡抚使，还有文昌右丞、豫州刺史、复州刺史、洛州司马、彭泽县长，是不是有些眼花缭乱？我的青春就主要耗在这些地方了。其中彭泽县长这个岗位是我被贬后担任的。

当过大唐的宰相，又降职当县长，是不是有些奇葩？我也觉得很魔幻。足球是圆的，什么意外都可能发生，其实世界也是圆的，我一辈子的经历可以作证。

不管世界待我是否温柔，我选择一硬到底。

公元688年担任江南巡抚使的时候，我已经五十八岁。照理说，快退休的人一般不会太较真，可是对有些事情我就是不能容忍。比如当地各种乱七八糟的祠庙，成了神汉巫婆的乐园，老百姓的钱被他们搜刮殆尽。

我给朝廷打了个紧急报告，大意是，如果大家都信鬼神，没人信皇上，那很可怕。我带头烧掉了一千七百多家淫祠，也有些反对的声音，但我坚持的事情，不管有多少人骂，我也要坚持一干到底。

我与各种不正之风做斗争。记得在河南做豫州刺史的时候，恰好碰到越王李贞起兵造反，朝廷随即派宰相张光辅带兵来平叛，但是他的部将实在太离谱，到处收保护费。

我毫不客气地当面批评了光辅，说他的罪恶超过李贞，结果他告我诽谤。估计他很惊讶，居然还有我这样对上司强硬的人。后来他对我特别关心，把我贬到湖北仙桃当刺史去了。

其实我是一个有刚有柔的人。我对群众很好，跟他们的感情很深。记得御史郭翰的脾气很火爆，一大批州县官员被他搞下台，对于这样的杀手，很多人都害怕。但他到宁州巡察的时候，听到关于我的评价都是正面的，毫不犹豫地向朝廷推荐了我。看来这个杀手不太冷。

我对同事也很好。公元676年，武卫大将军权善才错砍了昭陵的一棵柏树，高宗皇帝气得血压飙升：你敢砍皇陵的树，我就砍你的头！我劝阻说，就因为一棵树去杀人，后人会认为您是昏君还是明主？这算是在铡刀下救回的一条命吧。

其实我只是干了自己该干的事，但百姓给了我很多的荣誉。我做得还很不够，离天后的要求，离百姓的期待还有很大距离。

## 两度宰相

人生的前四十五年，我是在地方上任职的，后来到大理寺工作，也只是一般官员。真正成为高级官员，是我六十一岁的时候，也就是公元 691 年初秋，你们现在到这个年龄基本上都退休了，我们那个时候还没有退休制度。

那天记忆特别深刻，我从洛阳赶到长安任同凤阁鸾台平章事，这个岗位的名字很长，但大家只需要记住两个字——宰相。是的，我做宰相了，虽然有唐一代，朝廷更换宰相频繁，多达三百七十人，但有幸成为一个大国的宰相，还是值得说道一下的。

但是第一段宰相岁月，只有一百多天，因为有人诬告，将我送进了天牢。万幸的是，我平安地从监狱里走出来，被贬为彭泽县长，一当就是五年。直到契丹

故宫南薰殿旧藏狄仁杰像

人在营州闹事，朝廷急于用人，我才重新回到权力中枢。

在那场契丹人的叛乱中，我较好地安抚了群众的情绪，平定了叛乱。战争胜利后，天后很高兴，赐给我一件紫袍，上面还写了十二个金字，有点像你们现在的文化衫哈。

感谢天后的鞭策和鼓励，其实这些都不重要啦！重要的是，从公元 697 年开始，我得以再次担任宰相。

# 读心神探

很多人知道我，是因为我善于断案，通过探案，我成了一个大 IP，收割了大片粉丝，数不清的膝盖。《狄公案》里说的事情，大抵是真实的，只有少部分是再加工的，有些夸张。我要真那么能干，那不是成神仙了吗？

我天生喜欢刨根问底，你们不觉得通过细枝末节来探究一个人的内心世界是很刺激的事情吗？细枝末节，其实就是我查案的抓手。很多看似无关的人和事，其实有着千丝万缕的联系。反正当我拨开迷雾、无限接近真相的时候，我才会感到自己的存在价值。

老夫一生断过的大案有几十起，小案无数。因为动了某些人的奶酪，很多人想杀我，但他们无一例外，倒在了老夫的刀下。

我最喜欢真相大白的时候，坏人们哀叹的那句"你太可怕了！"一般我会反问他们，"想出这种毒计的人，不是更可怕吗？"

后来很多人叫我"狄青天"，我很高兴自己还能给百姓做点有意义的事，我来自基层，知道他们的不容易。

我还写过一本头部畅销书《案经》，大家如果感兴趣，可以买来看看，每一页都很精彩哦。

# 落魄囚徒

我再来详细说说，为什么我只当了四个月宰相，就下天牢了呢？那次我是得罪了魏王武承嗣呀，他这个人很有野心，想当太子，觉得我是一个很大的障碍，就决定对我动手。

他自己不出手，让狗腿子、著名的酷吏来俊臣出面，诬陷我带头谋反。真是奇哉怪也，活了大半辈子，黄土都埋到下巴了，老夫还造什么反？

　　天下有罪行无数，但只有谋反这个罪名，天后是一定会亲自过问的，在这方面她从不含糊，心狠手辣。她亲自下令，连夜逮捕我和任知古、裴行本、御史中丞魏元忠、潞州刺史李嗣真。

　　按律法，一经审问即承认谋反的人可以免死，我知道他们的手段，不承认的话，可能很快就被他们弄死了。真的，喝水都可以噎死，泡个澡都会被淹死，看个恐怖片都会被吓死。人为刀俎，我为鱼肉啊。

　　好汉不吃眼前亏，这次我罕见地服软了，只能当场认罪，并写下供词，"大周革命，万物维新，唐室旧臣，甘从诛戮，反是实！"从字面上看，我表达得很直白：我是反贼，来抓我呀！太直白就值得怀疑。我希望有人看懂其中隐藏的信息，我实在冤枉！

　　这么快认罪，估计也麻痹了敌人，他们认为我是个软蛋，所以不再严加防备。我赶紧跟狱吏偷偷套近乎，借来笔墨，在一块破棉衣上写下冤情，那个狱卒，我希望大家记住他的名字：王德寿。他把那块破棉衣转交给我的儿子狄光远，光远第一时间上访，将情况反映给了天后。

　　后来我才知道，天后本来就对我谋反的事将信将疑，看了我的喊冤书之后，她马上召见来俊臣，这个小人说，没有对我用刑，连我的官帽都没摘，简直胡说八道。天后不放心，又派通事舍人周綝来查看究竟，周舍人害怕来俊臣，没看到我就回去复命了，还带给天后一份伪造的《谢死表》。气得我想撞墙。

　　天后一看《谢死表》，根本不是我的文风，觉得蹊跷，亲自到天牢察看情况，一切才真相大白。我清白了，也自由了，感谢老王，感谢天后。

# 天后知己

　　很多人都在猜疑我跟天后的真实关系，还有人说她暗恋我，这话说的。我承认我有点小帅，而且文能当宰相，武能破契丹，但这么误传我跟天后的绯闻，是很不对的。拜托大家不要这么八卦，不要再以讹传讹了，我删帖都删不过来。

　　借此机会，我也说说对天后的感觉。这么说吧，我从来没有佩服过任何人，但是她例外，真的是一个开天辟地的大人物。我跟她的关系，也是一言难尽。

　　我记得第一次见她，是任职谈话。她微笑着问我："你在汝南为官时，政绩很好，为什么还是有人骂你，告你的状？你知道是谁吗？"一下子问这么多问题，估计一般人早吓蒙了。但我很清醒，天后也是人嘛，是人就可以沟通。

　　我知道天后不喜欢别人支支吾吾，所以我回答得很干脆，"如果陛下认为臣做错了，臣就改过；如果陛下明白臣并无过错，这是臣的幸运。臣不想知道中伤我的人是谁，还会把他视为我的朋友"。这个表态不错吧？我当时都六十多岁了，应对技巧还是有的，一味辩解只会坏事。估计那次谈话给天后留下了很深刻的印象，之后她就经常找我聊天，一聊就是几个小时，孤男寡女独处几个小时，就算我们年纪很大，地位很高，也会有人说闲话的。其实我们进行的沟通，都是精神世界方面的，绝对没有身体的接触。

　　我们成了最好的朋友，无关君臣，超乎男女。甚至我去见她，都不用下跪。天后说，"看到你下跪，我的身子先痛了起来"。这样的话，其实我听了都脸红，天后在我面前真的好单纯。这也是为什么后来我去世，她连声哀叹"朝堂空了"的原因吧？因为终其一生，没几个人敢跟她那样讲话，我十分理解她的孤独。

# 高级卧底

其实我一直隐藏着一个巨大的秘密，那就是我的真实身份。神探也好，元帅也好，宰相也好，那只是我的面具，其实我是一个卧底。估计天后最终也预感到了，因为我多次顶着巨大压力，冒死直谏，劝她复立庐陵王李显为太子。虽然我进言的时候很讲策略和分寸。但说到底这件事很危险，还政于李唐，相当于与虎谋皮。很多人问，既然你对李家有感情，为什么不找机会干掉天后？我觉得最高明的卧底，不是以干掉对手为目的，而是去化解对手。

多年的探案经历，让我变得十分冷静，我就像一个盗墓人，一点一点接近目标，但每一步都小心翼翼。伴君如伴虎，君心不可测，但我知道打开人心的钥匙在哪里，那就是"细节、细节、细节"，重要的事情，我不再说第四遍。

在接班人这件事情上，我看得很清楚，天后是矛盾的，而且越来越矛盾。尤其是公元676年契丹人大规模造反，对她打击很大。本来她是想武氏的后代去好好表现一下，加点分，再让他们接班的。但那几个姓武的年轻人，太不争气，败得一塌糊涂，还要我们一帮老家伙出来收拾残局。她对武家后人，实在是太失望了。

于是我抓住机会，问了她一个问题："如果还政李氏，那百年之后，您将配享太庙，如果武家接班，哪有姑姑享有太庙的呢？"这个问题，你们看我问得轻巧，其实老夫思考了几十年。我觉得除了这个理由，没有任何逻辑能打动天后，简直无法拒绝！

我遇到的最危险的对手，就是来俊臣，这个人太精明了，我想的什么，他都像只猎犬一样，全能感知。我很怕这个小子揭穿我，好在最后他被处死了，而且死得很惨。很多老百姓用小刀去挖他身上的肉，想着都疼，都是他自找的，活该。

## 政变导演

我最大的遗憾是历史给我的时间太少，我没能再多活一年，看到后面的那一幕幕大戏。

我承认，为确保自己死后武家不会死灰复燃，我下了先手棋，精心挑选了几个接班人，他们是桓彦范、敬晖和姚崇，这三个人都深藏不露，是我对未来的抓手，堪称我心中的最佳男主角，不枉费老夫对他们的调教。但我还是不放心，专门给他们找了一个教练，那就是比我还大五岁的奇人张柬之。老张虽然心计很深，谋略高超，但跟我却无话不说，开起玩笑来，没有下限，比亲兄弟还亲。

我一个劲向天后推荐老张，后来他也当了宰相。我死后，就是他发动的"神龙政变"，带人冲进天后的寝宫，逼她下台，诛其党羽，只用了半小时就帮助李唐完成复辟。

如果说政变是一部电影，那剧本是我早就写好的，不过上映时间整整推迟了五年。我不知道天后有没有恨我，恨就恨吧，我所做的一切，都是为了大唐，为了千万黎民百姓。

其实在时间面前，我们都是输家。万般好，千般坏，又有什么关系呢？

# 出人意料的郭子仪

## 1

有人说，在中国古代，能将成功玩弄于股掌间，洞明人心如烛火者，没人超过曾国藩。现在走进每个书店，几乎都能看到几本跟曾国藩有关的书。这位镇压太平天国农民起义的名臣，几乎成神。

我只能说，呵呵。因为，唐朝就有一个人，堪称曾国藩的老师。连唐玄宗的三儿子唐肃宗都拉着他的手，哭着说："如果不是爱卿，我们大唐早就没了！"（"虽吾之家国，实由卿再造。"）事实上，曾国藩谈到此人时，一脸崇拜地说："我年轻的时候要当曾国藩，中年的时间要当曾国藩，但老了要当郭汾阳。"

郭汾阳？是谁？

郭子仪是也。

如果不是他力挽狂澜，大唐二百八十九年的生命，可能只剩一半。

就是这么牛。

# 2

郭子仪，陕西渭南人，又称郭令公、郭汾阳。跟曾国藩相比，他长得更帅，活得更长。在世时间：公元697—781年，几乎跨越了三分之一个唐朝。他就是为平定"安史之乱"而生的。乱起之时，他已年过六旬，却眼不花、背不驼、手不抖，头发根根刺立，很是威武雄壮。此外，他还多次领军，挫败吐蕃、党项的非法挑衅和悍然入侵。

（宋）李公麟　绘《免胄图》（局部），图中描绘郭子仪单骑退回鹘事

在战场上，他不是唯兵力论者。他在用脑子打仗，经常带几个参谋，深入敌营搞谈判。他口才很好，长须飘飘，给人一种信赖感，是做思想政治工作的高手。

在漫长的岁月里，他担任宰相（中书令）多年，封代国公、汾阳郡王。死后谥号"忠武"。可以说，你能想到的国家荣誉，他都得到了。拿奖拿到手抽筋。甚至皇帝会经常发愁，不知道再封

073

他什么官。

## 3

中国历史上，将星闪耀，英雄出没，但很遗憾，他们大都活不长。最著名的项羽，三十岁不到就走了；霍去病，仅二十三岁；岳飞三十九岁。虽然年龄不是衡量人生的唯一标准，但是如果他们活得更长久一些，是不是会有更多精彩呢？

唐朝名将郭子仪，打破了这个死循环。

他的一生，活得实在太漂亮了。史书里找不到第二个人。几次当大元帅，皇上喊他干爹（尚父），保四朝皇帝平安，满朝文武皆部下。戎马一生，屡建奇功，以八十四岁的高龄笑别沙场。

……

他很懂朝堂与政治。政治这玩意儿像座火山，越往上爬，越往中心靠，就越热乎。同时也越危险，一不小心，就会掉进火坑，尸骸无存。"鸟尽弓藏""兔死狗烹"，历史上发生太多这样的悲剧，前有韩信、李牧、蒙恬，后有檀道济、岳飞、袁崇焕。郭子仪活得小心翼翼。他的座右铭是：以德服人。

唐朝官场奉"使绊子、放冷箭、说假话"为圭臬，所有人都在精打细算，随时准备拿身边的同事练手。郭子仪的崛起，是个奇迹。

## 4

说郭子仪"再造大唐"并不为过。

唐玄宗在任后期，帝国出了一个大坏蛋，名叫安禄山。安是营州柳城（今辽宁朝阳南）混血胡人，母亲是巫婆，因年少丧父，他随母改嫁并跟继父姓安。安禄山最初在幽州节度使张守珪手下当差，因在战场上杀人无数，毫不含糊，被张认为"人才难得"，收为义子，后来还推荐给朝廷。安史之乱，缘于张大人的一次看走眼。带来了八年的战乱，使大唐只剩半条命。

......

安禄山，长得极胖，憨态可掬，可以想象他跟《哪吒：魔童降世》里的太乙真人神似。看起来是一个大老粗，心思却极为细腻。

首先，他有手腕。在地方上工作的时候，但凡遇朝廷来人，他总是满脸堆笑，陪吃陪喝，完事还偷偷在别人口袋里塞点黄金什么的。他的贿赂名单里，包括御史中丞张利贞、当朝宰相李林甫等重臣。

其次，他有心机。当玄宗注意到他的时候，他积极开展非物质贿赂。比如，极力巴结杨贵妃，认其为干妈。虽然他比杨贵妃还大十六岁。安禄山虽胖，却善舞，他跟杨贵妃一样，是大唐舞蹈界的代表人物，有很多共同语言。御花园，看他姿态灵活，像陀螺一样疯狂转动，玄宗曾笑问："肚子这么大，里面装的什么东西？"安禄山："只有一片赤心。"（看到这句话，一千三百年后，我都吐了。）

最后，安禄山懂隐忍。一方面，他在老家暗中练兵，大造兵器；另一方面，他装疯卖傻，麻痹朝廷。

安禄山是唐朝最大的笑面虎。但唐玄宗毫无防范之心，他爱这个胖子，爱到不行。他不仅封安禄山为平卢节度使兼任柳城太守，还升其为骠骑大将军（从一品）。没过几年，安禄山又成了范阳节度使。玄宗这是典型的"搬起石头砸自己的脚"，后来他失去了皇位，以及心爱的杨贵妃。活该。

# 5

之所以讲这么多安禄山的事情，是因为他是唐朝衰落的最关键人物。同时，没有安禄山，就没有郭子仪。没有郭子仪，就没有大唐的下半场。

……

公元755年，安史之乱爆发。叛军起势凶猛，黄河以北二十四郡的文官武将，死的死，降的降，逃的逃。

唐玄宗对干儿子造反，毫无准备，环顾四周，无人可用。这时候，有人推荐了五十八岁的郭子仪。郭当时正在家为母亲守孝，他是一位三品武将。日薄西山，临近退休。要知道，彼时大唐百姓的平均寿命，也不过四十岁左右。"郭子仪时代"正式开启。不久即被火线提拔，为朔方节度使，成了挽救大唐的大神，爆发出了惊人的创造力。

公元756年四月，他领导的军队旗开得胜，收复大同，大败叛军薛忠义。紧接着，他用很少的兵力，诱敌深入，打败叛军二号人物史思明。

做了一辈子武将，他早成了一个老兵油子。为了达到胜利的目的，什么好招损招，全用上了。他从不喜欢墨守成规。他的作战日记里，记录着这样四句话——"贼来则守，贼去则追，昼扬其兵，夜袭其幕"。如果用三个字来总结这种作战方式，那就是：游击战。

郭子仪在河北的辉煌战绩，扭转了唐军仓促应战的被动局面。眼看战乱即将结束，在某些坏人的鼓捣下，朝廷又开始出昏招了。

历史永远不走直线。

# 6

郭子仪战功累累，但他也几经沉浮。因为朝廷里质疑他的，嫉妒他的，痛恨他的人，一直不少。在他们一次次的造谣中伤下，郭子仪多次被罢官。一个人要干点事，不容易。很多英雄，是业务型干部，都不善于处理人际关系。他们在战场上无往不胜，最后却在小阴沟里翻了船。

郭子仪是历史上难得的升级打怪能手。我们来看看，他是怎么在人事关系的枪林弹雨中突围的。

第一个怪物，是个人妖。

宦官鱼朝恩。他曾侍奉玄宗和肃宗，深得信赖，后来被封郑国公，是唐朝走向宦官专权的标志性人物。这个人来自四川泸州，一向嫉妒郭子仪，找机会就给他穿小鞋。

相州之战，本是鱼朝恩指挥有误，他居然把责任都推给郭子仪，在唐肃宗面前说了不少闲话。结果郭子仪的兵权被削，以李光弼取而代之。奇怪的是，郭子仪对这种安排毫不在意，安心回家抱孙子去了。

紧接着，唐代宗大历二年（公元 767 年）底，有人挖了郭子仪父亲的坟墓。很多人都认为，这事是鱼朝恩派人干的。但郭子仪的回应，同样出人意料。"我的军队不能完全禁止暴力，挖别人的坟，也是常发生的。这是报应，不能怨别人。"

后因战事需要，朝廷只得起用郭子仪。颁诏后，鱼朝恩偷偷干预，郭大英雄居然半个多月也没能赴任。这是典型的以私怨影响军国大事。

但后来，鱼朝恩却成了郭子仪的朋友。史书里是这么写的，鱼朝恩约郭子仪同游寺庙，宰相元载怕两人联手，偷偷警告郭子仪，这一次鱼朝恩想要他的命。结果，郭子仪带了个书童就出发了。他对部将说："鱼总管不至于滥杀大臣，如果他有皇命在身，我们也不能反抗。"聚会中，郭子仪也把这个想法告诉了鱼朝恩，开玩笑说："我只带一个人来，如果真有这事，也免得你动手时太麻烦。"虽然不完整，但鱼朝恩也是人，也有感情的。他十分感动，边说边抹眼泪："只有郭元帅，能做到这么坦荡无私啊！"

此后，两人再无交恶的记录。

# 7

第二个怪物，还是人妖。

宦官程元振，多次陷害郭子仪。程认为郭子仪功高震主，难以控制。公元762年，他在朝堂上提议，革去郭子仪官位。皇帝恩准。

一个战功赫赫的英雄，成了包工头。他被派去给唐肃宗修陵墓（职位是山陵使）。受了这般委屈，郭子仪仍然低调，整天笑容满面，像没事人一样。为示清白，他将肃宗给他的诏书敕命千余篇，全部抄写上缴。代宗很惭愧，一个劲儿向郭帅道歉："都是有人瞎说，我错怪了老将军，以后再也不怀疑你造反了！"

囚徒经常会想，如果换另一个有军功的人，一定会居功自傲。说不定，早就拿命去博所谓的尊严了。这正是郭子仪的过人之处。

……

就连郭子仪的战友、同为名将的李光弼，也被征服了。

李光弼很能打，经历与郭子仪类似，都曾在朔方镇当将军。但是郭子仪忽然一飞冲天，李光弼很失落，开始与郭子仪唱对台戏。

唐玄宗曾让郭子仪推荐一个得力大将，任务是平定河北。郭子仪立马推荐了李光弼。李认为这是借刀杀人，赴任前找到郭子仪，希望他不要为难自己的妻小。郭子仪生气地说："兄弟，你怎么会这样想？""国难当头，大家都该抛弃私心，共赴战场啊！"李光弼听后非常感动，从此与郭子仪前嫌尽释。

可惜，个性极强的李将军，始终没有学会郭子仪的圆融与大度，后来被朝中大臣猜忌攻击，抑郁而死。

## 8

郭子仪的成功，来源于他良好的家教训练。

郭家的祖先曾为周朝征战四方，在漫长的岁月里，以忠勇著称。凡是郭家儿郎，从记事起，便经常得到忠勇之训示。

郭子仪的父亲郭敬之，历任绥州、渭州、桂州、寿州、泗州五州刺史。刺史，管理一方治安。在父亲的教育和影响下，郭子仪从小爱读兵书，练武功。最后，他在郭家的历史上，成了最令人骄傲的一棒。

……

他写诗的水平虽然一般，武术方面却是一把好手。国家刚实行武举制，他就直接拿下了首届武状元。

唐玄宗时代，文胜于武，但郭子仪暗中积蓄力量，为自己的一飞冲天做好了所有准备。机会只垂青有准备的人。

五十七岁以前，除了武状元这个荣誉，郭子仪几乎都没有其他成就。倒是有个传说，说他遇到过李白。当时，他在山西从军，因犯军纪，按律当斩。一陌生人刚好路过，为他求情，救下一命，据说那个人名叫李白。这是唐朝头号诗人与头号武将的直接对话。如果此事为真，李白也算间接救了大唐。

## 9

如果总结郭子仪的成功，会有什么发现呢？

发现之一：做人要厚道。观郭子仪一生，无时无处不厚道，对上司、对同事、对下属均如此。相比之下，很多人脑子够灵，会审时度势，但精明害了他们。

发现之二：为公可损私。朝廷国库空虚之时，他曾用自己的俸禄购买军马，还亲自带领士兵屯田种地、生产军粮。

发现之三：不要有野心。按照大多数人的想法，郭子仪完全可以膨胀自满，完全可以拥兵自重，到龙椅上坐坐，可是他没有。他认为，权力斗争会让很多无辜的人受害。与其那样，还不如维持现状。

发现之四：要有平常心。郭子仪一生几起几落，但他一直顾全大局，不计个人得失，不怨天，不尤人。真正做到了"用之则行，舍之则藏"。朝廷让他上阵，他就上阵；朝廷让他退兵，他就退兵（想想南宋朝廷催促岳飞退兵的十几道金牌）。一看就是听话的模范军人，没有什么想法。让人放心，自不会招来灾祸。

发现之五：家教必须严。老郭七十大寿的时候，所有家人齐上阵，只有六儿媳升平公主没到。儿子郭暧一气之下打了公主。郭子仪闻讯，马上绑着儿子向皇帝请罪，幸得代宗没有怪罪。（这就是著名戏剧《打金枝》的由来。）行事如此周到，也难怪他八子七婿，皆显贵。

发现之六：心思要缜密。郭子仪的一生，历玄宗、肃宗、代宗、德宗四朝而不倒，得益于他敏锐的观察力。有次接待一个叫卢杞的人，他命令府中所有女眷歌伎赶紧躲起来。有人问原因，郭子仪说，卢杞此人，长得奇丑，而心胸又小，如果你们看到他的长相而发笑，以后就要遭殃了。后来卢杞做了宰相，果然疯狂报复那些曾经嘲笑过他的人，有的甚至被杀抄家，祸及九族。因为心思缜密，郭子仪提前看到了卢杞的"巨奸"底色。

# 10

郭子仪从来不会按常理出牌。他的一生，很多举动，出人意料，却惊人成功。比如，他被封为汾阳王后，就让家丁们夜不闭户，任人进出。这是何意？郭子仪说，围起高墙，关起大门，别人一定会怀疑你有不轨企图。还不如干脆敞开迎客，一看就没政治野心。众人听后，皆拜服。这才是郭子仪特色的"自保之道"啊！

他还创造了一个历史，历代状元中，唯一由武状元而位至宰相者（曾两度为相）。

他为国培养无数人才，部下有成绩者，不可胜数，其中六十多人后来拜将为相。

建元二年（公元 781 年）六月十日，郭子仪以八十五岁的高龄辞世，走完了他伟大的一生。当时执政的唐德宗沉痛悲悼，废朝五日。按国家律令规定，一品官的坟墓有严格限制：不得高过一丈八尺。可是，朝廷下达特别诏令：为郭帅的坟墓加高十尺。

生前很辉煌，死后被尊崇。

我看过他的墓志铭全文，觉得未免啰嗦。其实，在他的墓碑上，刻八个字就够了——"所有成功，缘于厚道"。

# 范仲淹：一手烂牌，被他打成了王炸

人生就是一场牌局，与其乞求上苍给自己一把好牌，不如想着怎么把自己手上这把烂牌打好。在宋朝就有一位能人，将自己开局那把稀烂的人生牌打出了王炸的效果，他叫老范。

故事还要从老范不姓范开始讲起，那年，他叫朱说。

## 出　身

老范出生在苏州，亲生父亲叫范墉，早年在吴越为官，家境富足。在老范还是小范的时候，范墉因公殉职。作为儿子的小范，是具有继承权的，也正是因为这点，身为妾室的范母，很快就被正房给赶出家门。

范母贫困无依，为了活命，只得抱着两岁的小范，改嫁给了淄州长山人朱文翰，老范也就改姓为朱。

继父是长山县的一个下级小官吏，工资不高，还要养活几个孩子，所以生活依旧很是清贫。好在虽然继父官职不高，但身为文化人，深刻地明白"知识是改变命运的唯一出路"，一直很支持小范读书。

小范也是个很要强的人，早年他在一个叫作醴泉寺的寺庙里读书，那里包住但不包吃。为了节约开销，小范每天早上都会煮一锅粟米粥，放凉后再把凝成块的粥划成四块，分两餐拌着野菜就食，这就是他一天的伙食了。同窗见他清苦，邀请他一起吃饭，他笑着拒绝道："吃了美食，以后还能吃得进冷粥吗？"

弱冠之后，小范成了老范，他从母亲处得知了自己的身世，伤感不已，毅然辞别母亲，前往"北宋四大名校"之一的应天书院（今河南商丘，其他三个是嵩阳书院、岳麓书院、白鹿洞书院，并称"北宋四大书院"）求学。

学校老师的讲解都是很宽泛的，想要学好是不容易的，于是补习班就应运而生了。而"口袋比脸还干净"的老范，也就只能看看。

## 求　学

没有钱的老范，自然不会甘于寂寞，很快就想到了办法，他先是想方设法去结交名士，然后借机向他们请教问题。但问题也来了，那就是他不是时间管理大师，没有那么多时间。为了凑出更多的时间学习，老范"大学"五年都是和衣而睡（为他的同窗感到辛苦），困了就用冷水洗脸。即便当时的大宋皇帝赵恒来学校考察，他也没有去凑热闹。

朋友不解，说道："如果能跟皇帝搭上关系，是可以直接保送的呀。"

他说："不着急，总有一天他会召见我的。"

# 考　堂

果然，老范二十六岁那年（大中祥符八年），愿望实现了，他以"朱说"之名，登蔡齐榜，见到了皇帝。

拿到第一笔工资后，老范供了一套房，把母亲接来奉养（继父已逝）。

事业小成后，老范想回归范家宗谱，因为对于那个时代的人来说，没有自己的宗族，犹如"无根之木"一样。但归祖却阻力重重，在好说歹说外加放弃继承权后，老范终于有了一个真正属于自己的姓。而立之年，他费尽全力，终于为自己争来了一个光明正大的名字：范仲淹。

老范身性直率，以兼济天下为抱负，结交了一群好友，也得罪了一些人，事业虽然算不上顺风顺水，也在稳步前进。但有些人只因为在人海中多看了一眼，一辈子就纠缠不清了，老范在四十岁那年，就碰到了自己的宿命。

天圣七年（公元 1029 年）十一月，是章献太后的生日，作为秘阁校理（皇家图书馆管理员）的老范也应邀出席了。宋仁宗赵祯正准备率领百官在会庆殿给太后祝寿，老范却认为这一做法混淆了家礼与国礼，于理不符。

故宫南薰殿旧藏宋参政范文正公仲淹像

耿直的老范便指了出来，还建议主持朝政的太后能还政给皇帝。在场的所有人都出了一身冷汗，太后摄政的问题，大家都知道，但能力有限，也就默认了，你一个图书馆管理员跳出来做啥。

事后，老范在朋友晏殊的批评下，才知道自己干了一件多么蠢的事情，所以没等大家反应过来，他便请求离京为官。然而老范不知道的是，他的愚蠢行为，却给了宋仁宗赵祯一股暖意，二人的宿命之战也就此开始。

# 读书人

两年后，掌握大权的宋仁宗将老范调回京城，却又因为插手了他的自由恋爱被外放到了睦州。没过几年，又想念起了老范，借着治水有功，将其调回京师，结果因为和同事意见相左，又被外派出京……

皇祐四年（公元 1052 年），范仲淹改知颍州，病逝于徐州，终年六十三岁。消息传来，皇帝独坐了一宿，那个"居庙堂之高则忧其民，处江湖之远则忧其君"的老范没了。

# 最聪明的宋臣，最终难敌病魔

## *1*

很多人说，范仲淹是人生逆袭、自强不息、低开高走的典型。是的，尽管他晚年有些壮志未酬的唏嘘，但他真的已经赚到了。

要知道他小时候差点活不下去——寒冬腊月，他每天带一碗稀粥到学校，冰冻后切成四份，够吃两天。有本现代小说，名叫"坚硬的稀粥"，就是范仲淹早年生活的写真。他甚至可以一连几个月不换衣服，正面穿了穿反面，如此往复很多次，也不嫌酸臭。不是不想换，实在是买不起。冬天，小范的双手往往肿得像包子，冻疮破后，直流黄水。他不喊疼，也不抱怨。有人看他可怜，想要接济他，总是被拒绝。因为少年范仲淹太有骨气，他觉得被救济是一件丑事，他要靠自我奋斗翻身。

时间一天天过去，不停蚕食着他的希望。熬不下去的时候，他会在桌上写下无数的"坚持"。所有的未来，都是过去一点点积攒的。范仲淹的固执与热情，是在那段阴冷的岁月里学会的。

说句题外话，我有一个姓范的高中同学，他看过上篇文章以后，觉得我没有深挖出范仲淹的真魂。而他筹划了很多年，也是不敢动笔写这位先祖兼偶像的。

其实我觉得，所谓成功的古人，一般都没什么惊天动地的奇遇，比如跌下山洞而得到绝世武功秘笈，被蜘蛛咬变成城市英雄之类，那只会出现在小说家的想象里。

所有成功，有三个来源，一是学习，二是坚持，三是他的个性。

## 2

与王安石、晏殊等早慧的人相比，范仲淹显得比较笨拙，每前进一步，都要付出更多艰辛。正因为这样，他离我们普通人，显得如此之近。他能做到的，其实我们都可以努力做到。只可惜，绝大多数人终其一生，都没有那份较真和坚韧。

年轻的时候，范仲淹遭受的白眼、嘲笑和蔑视，很是不少。笑他的，有不少是他的朋友、同窗和老师。主要是说他做事不讲规矩，毫无顾忌。晏殊责备他"好奇邀名"，吕夷简说他"务名无实"。站在朋友和敌人的对立面，一定很孤独吧？但我觉得这正是范仲淹的聪明之处，竞争者那么多，靠什么来比拼？当然选择一条最适合自己的赛道，然后硬扛。

之所以在中年之后，范仲淹还能实现自己的理想，都是因为他碰到了宋仁宗。两个人虽为君臣，却有一种超越上下级关系的心理依赖。

如果说当年晏殊十多岁就成为中层官员，是朝廷有意培养他做大宋的祥瑞，那范仲淹便是大宋急需的直臣。

宋仁宗执政的四十二年，历来为读书人羡慕，因为那是他们梦想中的黄金时代，是乌托邦。范仲淹的破空而出，成全了书生们的春梦。简单地说，在其他任何时代，都不会产生范仲淹式的人物。

举个例子吧。某年夏天，天下大旱，蝗灾蔓延，为安抚天下，范仲淹建议仁宗派专人视察灾情，仁宗觉得没必要，范仲淹就成天赖在他的寝宫外，一副不达目的不罢休的表情。他质问仁宗，如果后宫停食半天，陛下准备如何处理？仁宗无言以对，即派老范带着大把银子去安抚灾民。范仲淹在灾区到处发红包，还亲手将灾民充饥的野草带回皇宫，给骄奢的后宫娘娘们上了一堂人生课。

是不是可以说，很多时候皇帝的仁慈，是范仲淹逼出来的？

# 3

范仲淹绝对是一个值得揣摩的人物。

如果他不坚持做自己，终其一生，可能就只是个平庸之辈，绝对成不了后世知识分子的精神领袖。

……

每个人要有所成就，必须有一块与众不同的磨刀石。范仲淹的磨刀石，叫吕夷简，是当朝宰相。两个人气场不合，天生的不对付。

公元 1033 年冬，当时的皇后与仁宗交恶，吕夷简与皇后有宿怨，趁机上书，建议废后。

两口子闹矛盾是很正常的事，很多人认为宰相有些小题大做，但因为他树大根深，没人敢站出来说不。

范仲淹偏要站出来，他带头与十多个大臣在仁宗的办公室外长跪不起。仁宗左右不是，派吕夷简去劝说范仲淹，结果被老范喷得狗血淋头。

正当范仲淹准备大干一场的时候，仁宗却站到了吕夷简一边，外放老范为睦州知州。估计仁宗是真不想要那个娘们儿了。但仁宗心里一直有范仲淹，第二年就迫不及待地调他任苏州知府，积累更多地方经验，以利将来大用。四十五岁的范仲淹到苏州后大兴教育，大修水利，获得官吏百姓一致好评。

很快仁宗又调他回开封，任命他为判国子监（古代最高学府和教育管理机构）事，不久又转升为吏部员外郎、开封知府，相当于现在的首都一把手。都说京官难当。范仲淹却当得有声有色，刚上任就开始大力整顿干部队伍。

他的利箭，直接射向了吕夷简等一批当权派。

## 4

吕夷简一生中最讨厌的人，范仲淹绝对排前三。

回到京城第二年，也就是公元1036年，范仲淹写了一篇尖锐的文章《百官图》，直指吕夷简的走狗太多，他们不忠于朝廷，而忠于宰相。

对打败范仲淹，吕夷简还是很自信的——既然能踩倒第一次，就一定会有第二次。他很快反击了，讥讽范仲淹"越职言事、勾结朋党、离间君臣"。你不是说我搞山头和帮派吗，你的屁股不也是脏兮兮的吗？宰相毕竟是宰相，范仲淹文采再好，信念再坚定，胳膊还是拧不过大腿。

老范再次被贬到饶州，与他关系好的官员，尽数被贬。也有特别义气的。有个叫余靖的秘书丞，上书请求修改诏命；还有个叫尹洙的官员，说自己与范仲淹亦师亦友，情愿一起被降职。这些，都是令范仲淹感动的人和事。不然，在那么恶劣的环境里，他很难支撑下去。

好在仁宗每次都是点到为止，对老范明面上是贬，其实暗中保护。第二次被贬不到一年，吕夷简被免职，很多人开始上疏，希望范仲淹回来。其中有个叫梅尧臣的人，专门写了篇小作文《灵乌赋》，劝范仲淹尽量少说话。范仲淹回信说，自己"宁鸣而死，不默而生"。是啊，都奔五的人了，还在乎什么呀。

# 5

范仲淹不仅是文坛的定海神针，还是一员难得的武将，他虽然不亲自上战场搏杀，但是指挥若定，料事如神。这一点后面有机会再说。我们只需要知道，看到老范长期的坚持，以及在西北战事中的优异表现后，仁宗对他的信任和依赖空前加深。

公元 1043 年，仁宗迫不及待地拜范仲淹为参知政事，也就是副宰相。当时，大宋建国已经八十余年，内忧外患已经非常突出，小规模民变的数量达到中国封建社会的新高，边患不断，每年耗费大量资财，才得以平安。对仁宗来说，紧迫感是空前的，他不想祖宗的基业断送在自己手里，希望有所改变——结果，他看中了范仲淹。

对于这样的宝贵机会，范仲淹当然不想错过，连夜写就《答手诏条陈十事》，直陈时弊。仁宗照单全收，一场轰轰烈烈的新政，就此开启。

公元 1044 年，范仲淹的想法进一步成形。当他打算将改革推向纵深时，却遭遇了巨大的阻力。就连仁宗也挡不住舆论的汹涌澎湃，于是他变得犹豫了。

新政仅推行一年，就此搁浅。就像鲁迅先生说的那样，中国的传统，真的是连搬动一张椅子，也是十分艰难的。范仲淹体会到了，但是他不甘心。所以在离首都一箭之遥的邓州，他写出了《岳阳楼记》。我个人觉得，在中国近几千年的历史上，这是一篇饱含爱国之情的政治宣言书。

因为这篇作品，知识分子的颜面暂时没有扑街。

（元）夏永　绘《岳阳楼图》

# 尾　声

　　范仲淹在邓州一共待了三年，《岳阳楼记》横空出世之后，他的生命开始进入倒计时。后来他先后在杭州、青州等地做官，但身体已经很不好了。他一辈子都在追寻，等到老去、无力战斗的时候，他就通过文字来表达自己。

　　公元 1052 年，范仲淹的病情加重，在赴任颍州（今安徽阜阳）的路上死去。

这个世界上，除了肉体意义上的生命，他哪儿还有真正的对手呢？

# 包拯：宋朝第一钢铁侠，硬了一辈子

囚徒的高中政治老师很瘦，也很牛。他花了大量心血，将自己的女儿培养成湖北省的理科高考状元，可是后来女儿去了美国。再后来就是他患病，身边无人，直到去年病逝，女儿才从美国匆忙赶回。

对于这一幕，囚徒是有些腹诽的。中国古代的知识分子有句名言，叫"父母在，不远游"。远方当然有理想，有广阔天地，但是如果连自己最亲的人，你都无法陪伴，要那些理想何用？也许你会觉我的想法很狭隘，狭隘就狭隘吧。你要记得我现在说的这句话——在任何地方，任何时候，你都能实现自己的理想，其他的都是借口。

因此，我很喜欢一千年前包拯的做法，他为我们做了良好的示范。我最初对他感兴趣，并不是因为他能查案，敢说话，更不是因为他长得黑帅黑帅的，主要还是因为他有孝心。

包拯（公元 999—1062 年），合肥人，堪称北宋最著名的大臣。他的仕途，开始得很迟，二十八岁，当年他考中进士，朝廷直接委任他为建昌县（今江西永修县）知县。尽管机会难得，永修离合肥也不远，但包拯还是婉拒了，原因是他要留在父母身边——他申请留在安徽任职。朝廷给了他面子，但给他降级安排，授和州监税（安徽和县的税务局长）。在很多人看来，朝廷的这种安排，包拯应该知足，够唱一首《感恩的心》。但包拯去了几天就辞职了，赶回合肥跟老爹老娘腻在一起。

即使后来双亲相继去世，青年包拯也没有急于出来找工作。他在父母墓旁的茅草屋里，一待又是几年，赖着不走。想不到吧，史上第一硬汉包拯，居然有这样的柔肠侠骨和善感之心。最后，连他的亲戚好友都看不下去了，纷纷来劝他。

"你别被自己的孝心毁了哟！"一位长辈苦口婆心。是的，再不去工作，连基本的生活都成问题了。

景祐四年（公元1037年），包拯三十八岁，正式出仕，任天长县（今安徽天长县）知县。此时离他中进士已十年。在某些世俗的观点看来，他荒废了十年时光。切，谁说一个人成功的机会，是与时间成正比的？

……

也许正是因为有至爱，他才有深恨——对世间一切丑恶的恨。出道算很晚的包拯，迅速在北宋政坛刮起了一阵狂风。从他最初处理的几件小案来看，他是一个脑子非常清楚的官员，因为自信，所以敢于决断。

他刚当天长县知县的时候，曾经断过一宗小案。当时某农夫报案称，其耕牛被人割去舌头，请求缉拿凶犯，主持公道。包拯认为，这是一宗典型的报复行凶案，于是他表面不受理，私下安排农夫杀牛卖肉。行凶者果然第一时间跳出来报案（宋代宰杀耕牛是犯法行为），一审之下，疑案立马告破。

在天长的三年，他一直在积蓄力量。

公元1040年，包拯四十一岁，调任端州，这是一个让他获得前所未有名气的地方。

很简单，他清廉，而且是闻所未闻的清廉。

端州是大宋最著名的产砚之地，每年都有很多读书人前去搜罗，自用，或送给师友。慢慢地，砚台产业像某些黑色产业一样，形成一个腐败产业链。

包拯当然是读书人，他居然视砚台为无物，也从不拿去送人。

他做得很彻底，两年后，等他离开端州的时候，他的行李中，居然没有一块砚台。

如果你还不相信，说那只是传说，那公元1973年的一项考古结果会让你震惊——文物学家们在他的墓中只发现一方普通砚台，绝无端砚。

所以包拯，绝不是吹的。他敢于正大光明地查别人，就因为他敢说一句——老子什么都不贪，你行吗？这样的人，也许只有明朝的偏执狂海瑞敢叫板吧?!

这样的人，注定是一个纯粹的人，同时也是一个充满争议的人。这样的人是没有亲戚的，因为包拯从来不帮他们，严厉地要求他们，如果发现有人打着他的旗号乱搞，他抓住就要打屁股。

庐州是包拯的家乡，知道他当上中层官员后，很多亲戚开始胡来，欺男霸女，扰乱市场经济秩序。对那些七大姑八大姨三舅子，包拯是反感的，他是一个在政治上有追求、有洁癖的人，怎么能容忍。包拯的一个肆意妄为的舅舅被抓了现行——公堂之上，他毫不留情，脱下他的裤子，狠狠地打了三十大板。

"啪，啪，啪……"清亮的响声，连着中年人的惨叫，让所有在场的人胆寒。

这一切，宋仁宗赵祯尽收眼底，他决定重用这个尊重公权力的人。他的这个决定，再次反证，他执政的那些年，是中国几千年来最好的时代。

汴梁城内外，那些鸡贼的、靠种种特权致富的不法商人，已经在瑟瑟发抖了。对他们来说，公元1043年的冬天，提前来到了。

# 他用一张黑脸，挡住无数笑脸

有人说，中国最汹涌澎湃的河流，是长江和黄河。

其实不是。

最汹涌澎湃的，是生活在这片土地上的人们的血管。

## 1

因为时间久远，资料有限，很多历史人物都已经失真。但仍保留一个通道，那就是他们的文学作品。这个通道，人人可见，但不是每个读者都能获得正确的答案。

作为一代直男，包公的作品非常罕见。但仕途之初，他踌躇满志，曾写下一首打油诗：

清心为治本，直道是身谋。

秀干终成栋，精钢不做钩。

仓充鼠雀喜，草尽狐兔悲。

史册有遗训，无贻来者羞。

请大家原谅，包拯不是专业诗人，遣词造句能力确实有限。但这首看起来有些平铺直叙，甚至有些别扭的打油诗，却闪耀着人性的伟大光芒。包老师主要表达了两层意思，一是要修炼自己的清心，正直地为国家做贡献（是金子总会发光的，不要被现实扭曲了自己）。二是大河有水小河满，国家强大富足了，我们才有吃有穿有发展。如果谱曲唱出来，大概是以下几首歌——《爱我中华》《龙的传人》《我的中国心》。

当然，全诗最后两句"史册有遗训，无贻来者羞"，是包拯思想感情和生命情调的落脚点。它的意思可以这么解读——好好干，千万别被后人耻笑！

## 2

几千年来，但凡敬畏历史的人，都会严格要求自己，内心有追求，做事有格局，最终有成就。这里就不举例了。有些人之所以被历史所唾弃，是因为他们说得很漂亮，做得却很丑陋。而包拯是个硬汉，言为心声，说到做到。

很多人都认为，在天长县工作期间，"牛舌案"是他判决的第一桩名案。其实该案发生的时候，三十八岁的老包还是官场新人（参加工作第一年）。也就是说，当时他并没什么工作经验，但天生敏锐和直肠子，帮了他的忙。

如果说最初他还有股聪明劲儿，那接下来的广东肇庆三年，他完全成了大公无私的化身。他个子不高（一米八以下），但声如洪钟，给人一种威严和震慑之感。尤其是他拿肇庆（当时还叫端州）的砚台腐败开刀，斩断产业链，令全国文坛震动。那时候，岭南一带经济很不发达，一向是朝廷贬官的蛮荒场所。可是在那里，包老师干得很带劲，很快名震江湖。

对这名官员，仁宗多次听臣下提起，不由得内心窃喜。彼时大宋建国已七十年，官员奢侈之风渐长，百姓的意见很大。仁宗觉得，他需要扶一个人，好好整肃一下官场。一根筋的老包，就这样被他看中了。

## 3

中国古代的传统，遇事从来都不是靠制度，而是靠人脉，北宋时期就是这样。

开封市博物馆藏《开封府题名记碑》，备载宋代历任开封知府名录，"包拯"二字因常被后人寻找指认，留下痕迹

如果你不认识人，也没有钱，官司很难打赢，基本上"叫天天不应，叫地地不灵"。拥有社会资源的人，可以左右逢源，干点欺男霸女的坏事，很常见。老百姓的容忍度也比较高——群众愤怒，只能以头撞地。慢慢地，这成了朝堂民间约定俗成的规则。但包老师不认这一套，他只认理儿。所以江湖上有"关节不到，有阎罗包老"的传言。意思是，如果打官司没有钱疏通关节，不要害怕，至少还有阎王爷和包公做主。这给人们在有限的生命中，留下了无限的希望。

包拯视唐朝的魏徵老师为偶像。他的一生，是战斗的一生，尤其酷爱斗权贵，打豪强。据不完全统计，被他整下台的高级官员，多达三十多人，而且桩桩都是铁案，令人无话可说。为了办案，他多次病倒在工作岗位上。

除了案件本身的繁琐，他还必须用一张黑脸，挡住无数笑脸——所有找包老师说情的人，都碰了一鼻子灰。甚至包括当朝皇帝。

宋仁宗也没想到，自己一手提拔的乡巴佬包拯，会一根筋到不可理喻的程度。有一次，他想为国丈（岳父）讲情，结果包拯毫不客气，据理力争。因为距离太近，包拯的口水都喷到他脸上。可以想见当时的包拯，情绪已然失控。他绝对是一个官场的另类和理想主义者，觉得道理所在，义不容辞。管他太师国丈、阿猫阿狗，去他娘的！

仁宗很有涵养，一直保持微笑的姿态，静等老包说完。历史上还有第二个皇帝有这样的胸怀吗？

似乎是没有。

所以历史给了宋仁宗褒奖——他在位的四十年，被称为中国封建社会最好的四十年。这是唐宗宋祖、秦皇汉武都不曾有过的荣光。仁宗御宇期间，有四个大臣立下了汗马功劳——宰相外交家富弼、翰林学士欧阳修、太学侍讲胡瑗、御史中丞包拯。其中老包代表的，是公正和法治。

## 4

大家都知道，在万恶的旧社会，老百姓的生活很苦。他们的痛苦之处在于，无法生活在一个公平正义的社会环境里。无所不在的特权，让欺压百姓成为一种常见的社会现象。

有人还在怀疑，当年高衙内为什么敢当街调戏八十万禁军教头林冲的老婆。因为高俅主管全国军政，作为他儿子，不会把一个小小的教头放在眼里。林冲尚且如此，大宋普通百姓的悲惨遭遇可想而知。所以，老百姓对清官有一种疯狂的迷恋。

清官难得，因为他会举步维艰，各种黑恶势力环绕，一不小心，他就很容易掉脑袋。也就是说做清官，是要付出代价的。

包拯不怕，他是个铁脖子。

慢慢地，很多故事都集于包拯一身。再后来，他成了神。比如知名度最高的"铡美案"，很多戏迷都百听不厌。其实包公从来没铡过陈世美，传说中的龙头铡（铡犯法的皇亲国戚）、虎头铡（铡犯法的朝廷命官）、狗头铡（铡犯法的黎民百姓）都是虚构的。陈世美并不是宋代人，也不曾负于原配。只因为他得罪了一批无聊的文人，那些人就开始在网上对他进行抹黑和妖魔化。历史，真的被别有用心的人，煮成了一锅烂粥。

# 爱我的都是坏蛋，恨我的都是天才

## 1

在我的写作名单上，还有一长串名字。王安石是其中之一。这个巨人极不好写，我一直在积累资料、悉心揣摩。明年是王安石一千年诞辰，所以一定要写写他，预热一下。

名如其人，他就是中国历史上难得一见的硬石头。同样，我不想把他写成所谓的思想家、政治家或文学家，我想把他还原成一个人。

这个江西人给我的最初印象，不是因为他给躺在病床上的大宋动手术（还是开颅那种大手术），也不是他的早慧。而是他这个人，十分不讲个人卫生。《宋史·列传》中记载，王安石"性不好华腴，自奉至俭，或衣垢不浣，面垢不洗"。这句古文有两个意思，一是老王很节俭，他的购物车里总是空空如也；二是他很少洗脸，衣服总是脏兮兮的，有一股酸臭味。不管是乡下小子，还是成为朝廷高官，这是他保持了一辈子的生活习惯。

后来果然发生了笑话。

他当上宰相后，身上经常有虱子，那种场景，真的有些难以想象。有一次他给小自己二十七岁的宋神宗汇报工作，一只虱子爬到他的胡子上，钻来钻去。神宗知道王安石的性格，微笑着指了指老王的胡须。王安石就拍了拍胡须，等虱子落地，马上踩死，继续汇报。

神宗是一个很有理想的人，他希望成为皇帝俱乐部的神人，所以他到处找魏徵、房玄龄那样的宰相之才，后来他找到了王安石。他几乎能容忍老王的一切缺点。

# 2

表面看，王安石不修边幅，邋里邋遢，可是另一方面，他又是一个有道德洁癖的人。

矛盾吗？

一点也不。

他年轻时的清高，就把所有的大宋官员们甩开了几条街。众所周知，王安石出生于官宦世家，属于神童级、少年班那样的人才（过目不忘，下笔成文），二十二岁就高中进士。关键是，他还相当勤奋。这让别人还怎么活？

他很重视基层调研，经常到很多村庄转悠，随身小笔记本里，记得密密麻麻。了解到大宋最毛细血管的现实后，他立志要"矫志变

（清）上官周　绘《晚笑堂竹庄画传》之王安石像

俗"。当时谁也不会想到，中国历史上最著名的一次变法，已经在这个江西小伙的心里积攒酝酿。

他系统了解过以前的变法，大多都以失败告终，主持变法的人，下场都很惨，比如商鞅就被车裂了。让人很是怕怕。但是王安石不怕，他已经做好了牺牲的准备。这从他当时的一首诗可以看出端倪：

### 登飞来峰

飞来山上千寻塔，闻说鸡鸣见日升。

不畏浮云遮望眼，只缘身在最高层。


写下这首作品的时候，他大概三十岁年纪，正从杭州回到江西临川。路上，他听说朝堂上希望变法的声音日强，不由得踌躇满志。

这首诗之所以千古留名，是因为里面有一个普通读书人的伟大理想，那就是一心为国为民，不惜粉身碎骨。前两句——只要站在飞来峰的高塔上，就能看见初升的太阳，也能听到人间的鸡鸣。这种情怀不是一种空想，它既有高度，又接地气。

后两句，更是名句中的名句——只要行得正、站得直，不要怕浮云会遮蔽自己的视线，只是因为现在站到了最高层。

王安石的表白之作《登飞来峰》，与杜甫去泰山旅游时的激情之作《望岳》不分伯仲。结合两人后来的仕途看，在落地和可操作性上，老王的诗显然更胜一筹。既有磅礴的气势，又有超强的感染力，让人热血沸腾。我一直认为，这两首诗与范仲淹的《岳阳楼记》，在中国涉政文学作品中，可居前三。

# 3

王安石不仅是一个被仕途耽误的诗人，还是一个非常难得的学术型人才。

他曾经因为母亲去世而辞官归家，专心搞课题科研，结果成了远近闻名的"学术超男"，是不少年轻人的不二偶像。他的著作和言论出版前，社会上的手抄本已经横行无忌。那是一个思想自由的年代，王安石就率先对宋朝的五位先皇进行了评价——他们既有优点，也有缺点。在古代，胆子最大的读书人，似乎都生活在宋朝。放其他朝代，脑袋早搬家无数次了。

宋朝的文人都很单纯，大家都在思考一个问题——如何救国救民于水火？彼时，大宋开国百年，虽然是读书人的黄金时代，但普通百姓的生活寒酸，朝廷入不敷出，境外敌对势力虎视眈眈。一旦有自然灾害发生，国境之内更是雪上加霜，遍地饥民。

……

王安石要报答那些信任自己的人。

第一个要感谢的人，叫曾巩。

宋仁宗景祐四年（公元 1037 年），十六岁的王安石随父入京，认识了大自己两岁的江西老乡曾巩老师。曾巩很有才华，名列唐宋八大家光荣榜。牛人惜牛人，曾巩马上就把王安石推荐给咖位更高的欧阳修。欧阳修，是他要感谢的第二个人。

他要感谢的，还有数不清的父老乡亲。所以年轻的王安石，一心扑在工作上，完全没有双休日和节假日，甚至也没有家庭生活。他毕生只有一个老婆，名曰吴氏。为了延续香火，吴氏曾为他买过一个妾。这在当时的社会很常见——原配会催自己的男人纳妾。可是王安石把那个妾赶走了。他没有精力想这些。

他的清高，寡欲，真的是没谁了。这正是一代改革大神必须要具备的基本素质。逆天改命，救国救民，谈何容易，必须有一个不近常理的改革家的带动。而王安石，就是上天选定的那个人。

## 4

中国历史上的改革，大多因为触动既得利益者的蛋糕，而招致保守派的疯狂攻击。但是由王安石主持的熙宁变法，却很不一样。如果用一句话来概括，应该是这样——喜欢王安石的都是声名狼藉的坏蛋，恨他的都是万中无一的天才。

众所周知，王安石能一展才华，靠的是宋神宗赵顼的支持。赵顼比王安石整整小二十七岁，很有危机感。他明白，王朝表面热闹，实际上已暮气沉沉。

开国才百年，像摊大饼一样，全国士兵数量增长了四倍，官员增长了八倍。有人曾算过一笔账，一个学士以上的官员在朝任职二十年，至少可以帮助兄弟、子弟二十人在京做官。"冗官冗兵冗费"，就像三根绞索，令大宋命若游丝。很多官员的工资几乎都发不出来了。军队很业余，士兵们连箭也不会射，一旦与北方发生战争，更完蛋。

……

赵顼还有一个小目标——进入历史最强皇帝排行榜。就像他的庙号一样，很神。他的这个虚妄野心，王安石都看在眼里。

老王在二十九岁的时候就写过一首名诗《登飞来峰》。其中有传世金句"不畏浮云遮望眼，只缘身在最高层"。那时他只是一个小小的县长，就有这样的格局，实在难得。看看那气势——我最终是要在最高层俯视你们的！如果说以前是一种幻想和意淫的话，那这次，风云际会，他真的要走到最高层了。

# 5

熙宁元年（公元 1069 年）春天，四十八岁的王安石第一次见到神宗。离他写下《登飞来峰》，整整二十年。这二十年，他过得很煎熬，也很得意。在好几个地方，他经历了岁月历练，积累了行政经验。

关键是，在大家都拼命朝上挤的时候，老王"淡泊名利"，几次拒绝了朝廷的提拔。简直逆天了！这种事不合常理，总是很有传播力的。在没有互联网的时代，仅凭口耳相传，王安石的江湖地位，已经高高在上，听者如雷贯耳。所有这些，神宗都注意到了。所以，他对这次会面满怀期待。显然，两人的气场十分契合，好得不能再好了。

"要超过几位先皇，必须改革！"老王拱了拱手说。

除了口头汇报，王安石还带了书面材料——《本朝百年无事札子》。此帖被后世称为"北宋第一札"。在这个帖子里，王安石评点了宋太祖到宋英宗等五任皇帝的工作业绩。

总之，评价得很艺术，一方面克制地表扬，另一方面含蓄地批评。比如，对美誉度很高的宋仁宗，老王评价道："宁屈己弃财于夷狄，而不忍加兵之效也"；"聚天下财物，虽有文籍，委之府吏，非有能吏以钩考"；"凶年饥岁，流者填道，死者相枕"。大意是，仁宗啊仁宗，对外软弱，对军事及财政管理无当，选拔官吏无原则无标准导致鱼龙混杂，面对自然灾害束手无策。这几句批评，有些大胆，毕竟那是神宗的爷爷。可是神宗一点也不生气，反而热血喷涌。因为王安石说到自己心坎上去了。

王安石不愧名列唐宋八大家，文采、情怀杠杠的。紧接着，王安石说了石破天惊的三句话，令神宗完全不能拒绝改革的提议了。这三句话是"天命不足畏，祖宗不足法，人言不足恤"。意即

"天象的变化不必畏惧，祖宗的规矩不一定效法，人们的议论也不需要担心"。完全是离经叛道啊。可是，有新意。

彼时的大宋，旧药方都已经不管用，必须有全新的思维。王安石就是那个药师，他知道范仲淹的"庆历新政"为何失败。因为太温和。他要发起一场"脱胎换骨"式的激进改革。

## 6

面对神宗，王安石高唱《征服》，俘虏了一枚对他来说意义最重大、最重磅的粉丝。神宗不顾一切地想扶老王上位。

其实，技术男王安石虽然有才华有理想，却有个很大的缺点。那就是极其清高自傲，难以相处，江湖人称"拗相公"。神宗想重用王安石的消息传开后，一片反对之声，如排山倒海，呼啸而来。

学士孙固摇了摇头说，老王是有才，但是没肚量。

参知政事吴奎眨了眨眼睛说，老王是有才，但是太轴。

副宰相唐介满面愁容地表示，老王是有才，但是性格有问题，会把天下搞乱。

神宗充分考虑了这些官员的意见，觉得很有价值。

第二天，他激动地任命王安石为宰相。

我想扶一个人，需要理由吗？不需要吗？

大家都反对的，也许是机会之所在？

……

之后，面对三天两头弹劾王安石的人，神宗不为所动。我就要一条路走到黑。

神宗这个人还是有优点的，那就是拥有迷一般的自信。虽然他一心思变，但真的没有驾驭变化的能力。即便王安石加班加点、不遗余力地推进改革，结果也一样。

什么原因？

因为神宗根本走不出封建帝王的局限性，身边围满了蛆虫。

## 7

神宗登基的时候，朝堂内外，机会主义者层出不穷。

最典型的一个，便是当时还年轻的蔡京（几乎与神宗同龄）。看到朝廷重文轻武，小蔡努力攻诗文和书法（后来居然很有成就）。王安石到汴梁任职的第二年，蔡京通过科举出道。看到王安石得势，他还没搞清改革是什么玩意，便拼命挤到老王面前，自称铁粉。他嗅到了机会，巨大的机会。后来

（明）周臣　绘《流民图》（局部）

他的弟弟蔡卞成了王安石的女婿，他对改革就更加"死心塌地"了。事实证明，他的"只站队，不站对"策略，是很成功的。傍上王安石这棵大树后，他的祖坟就开始冒青烟。他活了八十岁，四度出任宰相，权倾一时，在整个宋代再也没谁了。

还有一代帅哥、酷爱辟谷的福建人章惇。很多人记住这个名字，不仅因为他参加了仁宗年间的"千古第一科举"，是小一号的王安石，更因为他屡次构陷好友苏东坡，直到后者临终之时。

还有郑侠，王安石的亲学生。改革正酣，郑侠忽然抛出一幅

作品《流民图》，质疑新法。这幅图成了旧党攻击新党的一颗炮弹，王安石几乎吐血。

最后要提一下吕惠卿，一个极有野心又忘恩负义的人。王安石首次罢相离开之时，将改革大旗转交给吕惠卿。但这是一招昏棋。吕惠卿此人，是个职业政客，为独霸权力，一上台就开始构陷打击王安石及其弟王安国。王安石的儿子王雱，据史料记载，也因为吕惠卿的反水而死。

除了神宗，以上这几位，算是王安石的"核心"队友。是不是有些唏嘘？支撑历史上最著名改革的，居然是这些居心不良、獐头鼠目的家伙。改革最后硬着陆，摔得七零八落，也就很正常了。一切都绕不开利益和权力。

王安石，不容易！

## 8

如果说王安石身边的机会主义者太多，那在对立阵营的人，一个比一个强硬，一个比一个大咖。其中好几个还是不世出的天才。比如老王的死对头、从小就敢砸缸的司马光（曾经是好朋友），就特别喜欢跟他对着干。没办法，道不同，不相为谋。

王安石改革计划的核心之一，是不加税费而令国库充盈。对此，司马光笑了，他在各种峰会和论坛上大肆讥讽，说那是无稽之谈。

王安石上位后，司马光马上辞职，躲回洛阳，用余年写下一部既有理论又有实践的巨著——《资治通鉴》。你不听我的，我只好把自己的想法，统统写到书里去。孰是孰非，让后人来鉴别。

文坛盟主欧阳修，曾是范仲淹的忠粉，为改革擂鼓助威的人，这次一反常态，旗帜鲜明地反对变法。其实，欧阳修与王安石同为江西老乡，曾是老铁。很多人还记得欧阳老师给王安石写过一首诗。

### 赠王介甫

翰林风月三千首，吏部文章二百年。

老去自怜心尚在，后来谁与子争先。

朱门歌舞争新态，绿绮尘埃拂旧弦。

常恨闻名不相识，相逢樽酒盍留连？

"小王同志，评价你的才华，除了李白和韩愈那样的终极大咖，我还能提谁呢？"

"现在朝纲不振，以后就靠你啦！"

不知道为什么，后来两人就不对付了。

王安石拜相后，欧阳老师第一时间向神宗提出辞职。神宗就此事向王安石征询意见，老王不愧是一代直男，说得毫不留情。"欧阳修此人，在一郡坏一郡，在朝廷坏朝廷，留之何用？"

他还提到了欧阳老师年轻时的一桩陈年旧事——与外甥女私通并黑其财产被人告发。全国读书人的偶像、外星人苏轼的老师，到了王安石那里，变成了一团屎。

王老师，你知道自己在说什么吗？

## 9

一代文豪苏轼，也是王安石的政治对手。

不是东坡先生不懂经济，他也是有丰富基层工作经验的。我理解，两人气场不合，怎么看对方都不顺眼。

苏轼刚做官的时候，他的父亲老师、亲朋好友大多身居旧党阵营。比如父亲苏洵就曾写过一篇《辨奸论》，暗刺王安石矫饰反常、不近人情，并预言他必将祸害天下。但这些都不是苏轼反对王安石的理由。他的成长经历，其实就是跟老王搏斗的过程。

嘉祐六年（公元 1061 年），二十四岁的东坡参加制举，王安石是考官。东坡在考卷中，系统阐述了自己的政治观，基本上与王安石两年前向仁宗所上的万言书背道而驰。从那个时候开始，王安石就开始对东坡不满，多次给东坡"差评"。

在神宗面前，王安石多次打小报告，说东坡为"恶马""非可奖之人""邪险之人""不可大用"。年轻气盛的东坡，哪能受得了这个。他写诗讽刺改革，"杖藜裹饭去匆匆，过眼青钱转手空。赢得儿童语音好，一年强半在城中"——所谓的改革，都是假象，给百姓带来的苦难是真实的。嫌不够，他又写，"老翁七十自腰镰，惭愧春山笋蕨甜。岂是闻韶解忘味，迩来三月食无盐"——没什么好说的，人生在世，"惨"就一个字。

王安石生气地说，小苏，会写诗的，不止你一个！你越是反对，我越是来劲。即使被贬回江南，他也天天念叨着，哪天重回首都，操盘改革：

### 泊船瓜洲

京口瓜洲一水间，钟山只隔数重山。
春风又绿江南岸，明月何时照我还？

巨人们同处一个时代，实属不易。但他们的结局，注定遗憾。那就是渐行渐远。

# 王安石：与其互为人间，不如自成宇宙

各位朋友，大家看到这篇文章的时候，北京冬天的阳光很煦暖，囚徒正在一家幼儿园的小桌子上伏案写作（尔蒙正在学习烘焙技术），嘴里哼唱着奕迅的《好久不见》。确实很久了，欢迎收看第二十七期"古人面对面"。

今天我们邀请到的是著名改革牛人王安石，请他跟我们来个"面对面""不设防"，大家欢迎！

历史的囚徒：好了，大家可以不用鼓掌了。我们正式开始访谈。老王你好，先跟大家打个招呼吧。

王安石：嗨！大家还好吗？想死你们了。我是王安石，意思是不太安静的石头。

历史的囚徒：老王你好，在王荆公、王安石、王临川、拗相公、王介甫和王文公等几个称呼里，你更喜欢哪个？

王安石：说实话，我偏爱你们起的外号——拗相公，其他的几个名字都只是代号而已。是的，我的脾气倔，我不是一个讨好型人格，我希望自己是一个逆行者，不管是不是最美。

历史的囚徒：这么多年来，有关你的争议一直未断，你觉得在思想家、政治家、文学家、改革家这几个标签里，哪一个最适合你？

王安石：都不适合，其实我就是一个打工人。

历史的囚徒：看过你的所有资料后，我觉得你实现自己的抱负，有一个重要的前提，那就是神宗对你的包容和偏袒。在你心目中，神宗是一个什么样的人？

王安石：评点自己的领导，总是有一点难。不过，我很欣赏他的激情，其实你没感觉到吗？历史上那么多皇帝，很多只是按部就班地干活，然后把接力棒交下去，他本身没什么作为，也不想有什么作为。神宗不一样，他很想做事，想改变国家，想改变官僚队伍，想改变军队，总之想法很多。唯一的遗憾是，他活的时间太短，只活了三十八岁就永远离开了我们。他是公元1085年愚人节驾崩的，接到消息我开始还以为是谣言。如果我有资格给他写悼词，我只想写十个字——男儿死得所，其重如山丘。

历史的囚徒：确实，神宗一直挺挣扎的，要经常为你的改革背书，挡住宫内外源源不断的中伤和攻击。

王安石：有时候我觉得自己挺连累他，很感谢他能忍受我的坏脾气，有这样的领导撑腰，我还能说什么呢？

历史的囚徒：暂且不说你的改革成败得失，我就是觉得你的对立面太强大了，如何看待你与欧阳修的关系？

王安石：欧阳老师大我十四岁，是我很尊敬的前辈和老师。对他的文学造诣和做人风采，我是拜服的。他曾经拿李白和韩愈跟我相比，我很感激他的加持和点赞，短时间让我的粉丝涨了好多，其中不少是死忠粉。但改革是一个利益调整的过程，也是一个十分痛苦的过程，肯定会伤害一些人，对此我只能说声抱歉。

历史的囚徒：那你与苏轼为什么闹得那么僵？

王安石：小苏后来很有名气，很多人是苏粉，我知道很多人喜欢站队，觉得小苏不喜欢我，就是我错。其实我和小苏是很好的朋友，只是他很自负骄傲，我觉得给他一些逆境和绊脚石，有利于他的成长，所以我有意识地去挑他的刺，我不知道自己做错没有。

历史的囚徒：那蔡京就那么招你喜欢？

王安石：我知道很多人骂我重用蔡京，但是我没有选择，改革要推进，很多人坚决反对，更多人在观望，如果我不培养自己的人，那改革还没有开始就夭折了，这个你能理解吗？

历史的囚徒：完全理解，就是觉得你的猪队友太多了。这个蔡京，活得时间长，后来为祸人间，被认为是大宋最坏的奸臣。

王安石：抱歉抱歉，其实他跟着我混的时候还可以，执行力强，他比我小二十六岁，是我的下一辈了，比较尊敬老人，很在乎我的身心健康。

历史的囚徒：你是一个理想主义者还是现实主义者？

王安石：这个问题问得好。我觉得自己首先是一个现实主义者，因为我看到大宋不改革只有灭亡，我的一切改革措施都是着眼于现实。很多人觉得我是从你们的世界穿越回大宋的，大概他们觉得我的改革比较理想化，措施难以落地，这个我承认，所以从这个方面讲，我也是一个理想主义者。

历史的囚徒：有一个奇怪的事情，为什么早年你多次拒绝提拔？

王安石：很多人觉得我是故意拒绝提拔，以引起领导的注意，就像唐朝很多人以隐逸来博眼球。其实不是这样的，我二十二岁中进士，从那个时候开始，就身在官场，起点不能算低了，有些人觉得我早年一直在原地打转，但是我想说一下，在那样的官场环境里，就算你往上走几步，又有什么实际意义呢？既然没有意义，那我还不如在地方上，踏踏实实地为老百姓做点好事。

历史的囚徒：那个时候已经在考虑改革的事情？

王安石：是的，已经开始考虑了。当然，我说的改革，不是对体制机制修修补补，而是来一场排山倒海式的改革。

历史的囚徒：文彦博老师是你的引路人？

王安石：文老师年轻有为，才四十出头就当了宰相，他向朝廷推荐我，说我淡泊名利，有道德，讲原则，我很感激他，那个时候我才二十来岁，没有什么名气。很遗憾，他后来也反对改革，跟司马光走得很近，但这不妨碍我对他的尊敬，他算是个好人，后来活了九十二岁。

历史的囚徒：司马光与你还有友谊吗？

王安石：我不喜欢这个人，一向拒绝新事物，也不喜欢新人，如果说我脾气臭，他比我更臭，我多次尝试着跟他沟通，他从来不理我。所以对他这个人，我没什么更多想说的，他后来写的《资治通鉴》也是一部烂书。

历史的囚徒：说起写作，我很想知道，你最喜欢自己哪首诗？为什么？

王安石：说起来我还是喜欢二十九岁那年写的那首《登飞来峰》，里面有你们最喜欢的金句，"不畏浮云遮望眼，只缘身在最高层"。

历史的囚徒：那个时候你写首诗，显得很有野心啊。

王安石：要想有番作为，首先得有想法，与其互为人间，不如自成宇宙。

历史的囚徒：你不想依靠别人，跟随别人，只想引领他人？

王安石：大致上是这个意思，一个人必须要有自我，才有未来的星辰大海。不然等后浪扑上来的时候，你真的是一文不值，心有悔恨了。

历史的囚徒：我注意到，很多人说你是北宋灭亡的首要责任人，导致靖康之耻、汴梁被毁，确实很触目惊心。

王安石：持这种观点的人，就是一个历史盲。那时候大宋如果不改革，就像一个重症病人不治疗一样，可能很快就死掉了。改革的话，还有一线希望。

历史的囚徒：问一个题外话，在日常生活中，为什么不讲个人卫生，据说衣服可以几个月不洗？

王安石：岂止衣服？几个月不洗头都是正常的。一个人要做大事，哪能拘泥于小节？我真的不想整天西装革履，头发梳得油光发亮，花时间在这些事情上，就是对自己的人生不负责任，就是慢性自杀。

历史的囚徒：众所周知，商鞅是你的精神偶像，你心中，他最重？

王安石：这么说吧，每当我怀疑自己，或者想放弃的时候，我就去看商鞅的文字和故事，然后就会满血复活了。

历史的囚徒：那范仲淹呢？

王安石：我跟范老师是一类人，只是他的改革是渐进式的，太慢了，那种速度不能满足现实的需要，等他的政策落地，估计敌人的军队已经打进来了。

历史的囚徒：第一次被罢免宰相的时候，你心情是怎样的？

王安石：是我意料之中的，神宗为我已经背了很多锅，我理解他的这个决定。说实话，我还是低估了旧党的势力。

历史的囚徒：你劝神宗推行改革的时候，曾说"天命不足畏，祖宗不足法，人言不足恤"，确实很超前啊，怎么想到这几句话的？

王安石：我们每个人都是独一无二的，做的决定，推行的政策一定要实事求是，绝对不能受到太多拘束和限制。改革没有回头路，最后失败，我也不想甩锅给任何人。

历史的囚徒：对自己的人生有什么总结吗？

王安石：人的一生就是个宝藏，我们要挖出里面最宝贵的东西，同时用它来造福后人。

# 范成大：我们大宋不吃这一套

## 1

我叫范成大，苏州人，我的外公是蔡襄，所以我的字，也有很多人喜欢。

很多人都说我是南宋四大中兴诗人之一，我觉得自己最牛叉的事情并不是写诗，而是出使金国，不辱使命。

当时隆兴北伐失败，金国觉得我们还想折腾，很是生气，要求重新修订外交条款，这个任务落到了我的头上。派使臣北上，是皇上的意思。左相陈俊卿因为不同意这项外交安排，被免职，吏部侍郎陈良祐叽叽歪歪的，被贬回老家江西。有个叫李焘的外交官，因为胆小，顶着死罪婉拒出使任务。

我的内心是忐忑的，不是害怕，而是因为我泱泱大宋，居然被一个北方蛮族如此欺负，连外交关系都不平等，我们只能一味低声下气。

接到任务，我就闭门思考如何应对。

孝宗是我的领导，他很有理想，所以才有众人期盼的北伐。他派给我的任务，为人臣子，当然无可推卸。

只是夫人一直唉声叹气，觉得此行凶多吉少，有可能像苏武那样成为囚徒，"啮雪餐毡"。

我文人豪情的一面忽然滋长出来，此生有此行，壮哉！

我要给那些不敢前行的人一个榜样，如果遇到什么事，大家都退缩，我们大宋就彻底没希望了。

## 2

终于出发了，这是我长大后第一次出远门。

我和同事们先后经过宿州、汴梁等曾经发生金宋大战的地方，虽然时间已过去四十多年，但我心里仍然满是屈辱。战争的失败直接导致国运的衰微。

我真的没有想过活着回去，所以一路上我写下了很多文字。

在汴梁，我们一行停留了几日，时不时有面呈菜色的流浪汉过来问我，什么时候可以收复失地啊？

同行的人告诉我说，金国统治者们经常用他们的生活习惯来要求宋人，比如剃头。金人特别喜欢洗剪吹，尤其看不惯我们南方人的长发，就下了强制剃头令。

人生最重要的是什么？当然是自由。现在我们保住了自己的头，却无法保住自己的头发，心情是很糟糕的。

金人没文化，真的不懂什么叫尊重，难道他们真的不知道，我们宋人不吃他们那一套？

看到沦陷区百姓们期盼的眼神，目之所及，处处残墙败壁，我几度痛哭。在昔日皇宫里，我看到徽宗皇帝用太湖石建造的假山，百感交集，写了两句诗："谁怜磊磊河中石，曾上君王万岁山。"

大家都知道汴梁城曾经很热闹，可现在，一切的繁华，就像一场春梦，醒来时不见踪影。

## 3

当时金国的皇帝叫完颜雍，他是完颜阿骨打的孙子，也是完颜亮的堂弟。

说起完颜亮，那是对我大宋伤害最深的一个人，是个战争疯子。不过，别看他张牙舞爪的，后来也只活了三十九岁。在这里我想说一句，人在做，天在看！

三十九岁，我们大宋的英雄岳飞，也是这个年龄过世的。他曾经凝聚起我们大宋抗敌的磅礴力量。现在只有我们这些孱弱的读书人在维持一点仅存的颜面。

过了汴梁，我们又到过几个重要的名胜古迹，比如扁鹊墓、周文王被囚地、曹操讲武城和赵国故都邯郸，看到那里的风景和同胞，我的纸巾都不够用了。你们知道，文人本就多愁善感。

以前我只是在传说和各种书籍中知道北方失地的消息的，现在我的视觉、听觉、触觉都被包围，难免会受不了。

我时刻不敢忘记，靖康之难中，徽宗、钦宗两位先帝，被金国点了外卖全家桶。我写了很多诗排解郁闷，以前从来没有那么强的创作欲望。其中一首是这样的：

州桥南北是天街，父老年年等驾回。

忍泪失声询使者，几时真有六军来？

是不是充满无力和悲伤？

是啊，大家都在问，我也在问，什么时候我们才能收复失地啊？

故国不复，谁家河山？

可是国家风雨飘摇，这目标有点遥遥无期。

# 4

最严峻的挑战，还是来了。

其实我此行最重要的任务，并非求金人归还先帝陵寝之地，而是要商定两国受书礼仪的细节。

隆兴和议后，两国的协议中改了很多表述，比如"岁贡"改成"岁币"，"奉表"改成"国书"。但金国使者来访时，我朝天子还需起身迎接，让人很受不了。这关系到大国威仪和面子，虽然我们的颜面已经被战争戳得千疮百孔了（请原谅我说了实话）。但这个议程是单方面的动作，擅自抛出，危险至极，有掉脑袋的危险。这个任务，才是此行最凶险之处。我本来是个读书人，但在那一刻，我忘记了害怕。我想起了岳飞、韩世忠和宗泽，想起了千千万万的仁人志士。尤其是岳飞，他牺牲的时候，我才十六岁，已经以他为偶像。可惜，我后来没成为军人，学的是文科。

我现在还记得，当时金国的大殿上，十分寂静，连掉根针到地上都能听到。只有我一个人在说话——"两国既为叔侄，而受书礼未称，臣有疏"。

短短几个字，击起千层浪。

我不顾金国君臣的怒目而视，拿出了事先写好的相关奏疏。虽然我个子不高，但在那一刻，我觉得自己很高大，需仰视才见。

临时修改议程，金国人果然很生气。我举个例吧，当时桌子上的水果，被完颜雍摔掉好几个。

至于他吼的什么，由于语言不通，我没听太明白，大意应该是"现在不唠这个"。

金国太子完颜允的话我听清了，他带兵冲到宾馆，想当场砍

121

死我。

# 5

回到迎宾馆，我觉得自己有可能比当年的苏武还要惨，晚上根本没睡，写好了绝命诗。如果想让我用一句话总结绝命诗的意思，我想说，国重国格，人重尊严，失去之后的苟活又有什么意思？

狂风可以轻易吹起地上的一张纸片，但不会吹走一只蜻蜓，因为生命的本质就是不服从。

简单说，我们不吃敌人那一套。再就是，把我们搞得强大些，再强大些。如果国家真的强大了，何至有此行，何至有此问？

……

后来的事，大家都知道了，在酷热的九月，金国居然放我回南方了。

我不知道什么原因，可能是因为我会写诗吧?! 文化是无国界的，当时我的诗名已经传播很广，金国很多人都是我的粉丝（这一点让我感到了金国有些人还是很可爱的）。在我北上的时候，很多陪我的金国官员，还主动找我要签名。也有可能是他们心里发虚，始终无法忽视大宋的存在。

出使金国的五个月，是我一生中最闪光的时刻。那一刻，我代表万万千千的大宋子民。我们是阶段性地不能打，但我们的骨头，一直是硬的。

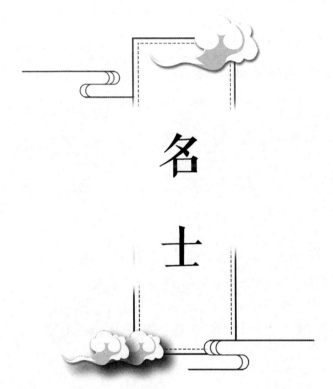

名

士

# 屈原：我最佩服和最感激的人

简单介绍下，下面这篇文章，是屈原的心里话。

## 1

前些天看了《大秦帝国》，对里面描写我投江的片断，我是有些意见的。镜头里，我披头散发，双目无神，一步步走向江水中央。

错了。

我是很重视自身形象的，外在和内在都是。正确的答案，是当时我穿着士大夫装束，戴着青色峨冠，头发一丝不乱，我的眼睛炯炯有神，比那天的太阳还要亮堂。

那是公元前 278 年初夏的一天，汨罗江边，微风吹得人很舒服，有两秒钟，我曾经质疑自己的选择。

是啊，世事崩坏，可它还是很美好的。

下水之前，我在江边想了整整三个小时，我觉得自己已经有点抑郁了。事实上，严重的睡眠综合紊乱，已经折磨我大半年了。

我的左手按在剑柄上（我是个左撇子）。这把宝剑让我觉得安全，但它并不是摆设。你们都知道，大概只有十多岁的时候，我就组织童子军，与众乡亲一起抵抗过外侮，就像《指环王》里描写过的一样。

自古以来，保卫自己的家园，是人最可宝贵的品质。可是，对于楚国的未来，我是可以想见的。它已经是一道夕阳。这是我不想看见的。

傅抱石　绘《屈原行吟图》

我不想看到灭国的那一幕，所以我想用自己的死亡来警醒大家。事实上，我已经六十二岁了，算高寿了。算命先生说我能活到九十，我没兴趣。

我最怕的是活久见，你懂的。

## 2

我坐在江边的时候，像老僧入定，若有若无的夕阳投射在我身上。我知道，看起来，我一定像尊镀金的塑像。这种感觉，让我觉得自己的死是有价值的，是有一种仪式感的。

不过，我真的没想到，两千三百年后，你们还这么想念我。你们给我打上了太多的标签。爱国诗人，志行高洁，政治家、法

126

学家、预言家、书法家、美学家、大帅哥，粉丝遍布地球各个角落……告诉我，你们还有什么称号没给我安上的？

你们越是美化我，我心里越是不安。其实我有很多私心，自身也有很多短板和不足，离你们的要求和期待，还有很大差距。总之，很多头衔，我是受之有愧的。

我宁愿令你们魂萦梦牵的，不是我屈原，而是一个面目模糊的古人，他是你们每个人的祖先，他身上有坚持，也有挣扎。

是的，我身上寄托了太多太多。

你们需要这样一个理想的宿主。

## 3

记得我下水的时候，江水变得有些湍急。大概，它不太欢迎我吧?! 但我主意已定。

我宽大的衣袖随风展开，就像一个飘飘欲飞的大鸟。当时，几个村民经过，回头奇怪地看着我。在他们看来，这等装束的人，一看就是贵族。这样的人，财务自由，精神自由，表达自由，还有什么忧伤吗?

哪有那么多自由，每个人的一生，都戴着枷锁。

"老人家，需要我们帮忙吗?"村民们凑上来问。

我摇了摇头，又揖了揖手。这种陌生人的问候，也是我恋世的原因之一。人世间最令人感动者，莫过于此吧?

这真的是一个悖论。跟你最亲近的人，往往也是伤害你最深的人。我说的不是楚王。这点觉悟我还是有的。

……

村民们都很忙，待他们走后，我屏住呼吸，大概一二秒后，我抱起江边一块赭红色的石头。一步，二步，三步……我坚定地走向江水。

我觉得自己超越了，超脱了。

江水齐腰的时候，我开始自言自语，留下了给这世界的最后一句话。"不懂我的人，请不要怀念我！"

江水逐渐浸没了我的身影，我的峨冠在消失前一秒，挣扎了一下。

杀死自己，当然是不人道的。

在水底，失去知觉前，我听见几声巨响。那是夏天最常见的雷鸣。大概是天将暴雨了吧。

# *4*

投江以后，我的魂久久不散，仍然注视着世间的一切。

人间种种，仍然继续。楚国亡了，秦国兴了。没人意识到，曾经有我的存在。既然这个世界与我无关，我也不想再看着这个世界。

可是，在我自绝一百二十四年后，我有了第一个粉丝。他的地位很不一般。大家知道我说的是谁。他的名字叫刘彻，如果你对这个名字比较陌生，那他的谥号你一定听过：汉武帝。他手下聚集了一批名臣，卫青、李广、霍去病、桑弘羊、张骞、苏武、司马迁、司马相如……

为了网罗人才，他还开办了中国历史上第一所正式的大学——太学。《汉书》总结说，汉之得人，于兹为盛，后世莫及。也就是说，这是一个十分重视人才的皇帝。

正因为有这么多的人才，他才得以平定闽越和南越的叛乱，稳定北方匈奴。

……

他很伟大，也很空虚。因为作为一个藏书狂，他还没读到一本令他眼界大开的作品。

一天，他在宫里发呆，他的叔叔、淮南王刘安带着几本书来找他。那是我的作品的手抄本。然后我听到了他们的对话，真是令人激动。

"皇叔，你手上拿的什么书？"

"皇上听说过屈原吗？臣最近研读他的作品，觉得人生豁然开朗。"

"真有这么神奇？"

"真有这么神奇。"

日理万机的刘彻，在百忙中开启了读书模式。上朝时看，吃饭时看，如厕时看，接见外宾时也看。三天后，他将刘安召进宫。

"这真是一本奇书，看完后不解渴。"刘彻说，"你看这一段写得多好。"

刘安凑过去，看到了我写下的几句诗——

秋兰兮蘼芜，罗生兮堂下。

绿叶兮素华，芳菲菲兮袭予。

夫人兮自有美子，荪何以兮愁苦？

秋兰兮青青，绿叶兮紫茎。

满堂兮美人，忽独与余兮目成。

## 5

"啧啧，"汉武帝赞叹说，"简直美爆了，酷毙了。"

刘安遗憾地说："皇上有所不知，屈夫子虽然辞世才百年，但他的作品散落在民间，一直没有正式出版。"

"这不行，"汉武帝认真地说，"朕有生之年，如果不能为屈夫子出全集，那将是朕一辈子的缺失。"

他指定刘安来负责这件事情。

汉武帝找对了人，刘安是一个做事专注的人，他喜欢读书弹琴，不像其他贵族那样偏爱打猎赛狗。他超额完成了刘彻交办的任务，不仅找到了大量被士大夫阶层私藏的我的作品，还找到了我徒弟宋玉的所有作品。

在刘彻的带动下，我的粉丝开始慢慢多了起来，知名的有淮南小山、东方朔、王褒、刘向。刘安将我的作品，连同知名粉丝的模仿之作共十六篇编辑出版，定名为《楚辞》。紧接着，他又编著了《离骚传》，这是历史上最早的一部关于楚辞作品的注本。

我感谢刘安。这是真心话。是他让天下人读到了我的思想，体会到了我的心境。

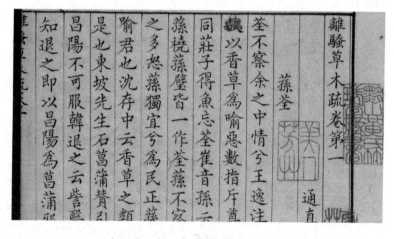

（宋）吴仁杰　著《离骚草木疏》书影

据说，因为受到我那种伟大的浪漫主义思想的影响，刘安还发明了热气球。一次深夜读完《离骚传》，灵感忽然袭来，他将鸡蛋去汁，以艾燃烧取热气，使蛋壳浮升。这个尝试，使他成为世界上最早尝试热气球升空的发明家。那是鸡蛋界的一小步，却是人类航空的一大步。

# 6

后来我重新爱上了这个世界，继续注视着人们的日常，尤其是精神文化生活。我有幸看到了一个大人物的崛起。

对于这个人，我内心也是服气的。

他堪称我的铁粉王，名字叫苏东坡。他比我晚出生一千三百多年，但显然很懂我。这个人，毫不掩饰对我的崇拜，而且年纪越大越是喜爱。

公元 1059 年，他二十三岁，随父亲苏洵北上，中途专程到屈原庙祭祀我。那个时候，我才知道自己是苏轼的精神偶像。

在湖北，他夜不能寐，含着热泪写下《屈原庙赋》，后来该文章成为赋学史上的极品。这篇文章，我几乎可以全背下来——

> 浮扁舟以适楚兮，过屈原之遗宫。
> 览江上之重山兮，曰惟子之故乡。
> 伊昔放逐兮，渡江涛而南迁。
> 去家千里兮，生无所归而死无以为坟。

带着感情写的，就是不一样。

很多读书人慕名找到东坡求学，他推荐的书目里，排在前面的，永远是《楚辞》和《离骚》。即使到暮年，他仍多次忘情诵读《离骚》。

# 7

对东坡兄弟，我最佩服他的是，他懂得迂回。不像我，直接选择死亡。他人生多次被贬，但不管人生境遇如何，他从未迷失自己，也从未放弃希望。

看到后世很多大作家都跳水自杀，我内心是自责的。总觉得自己给他们做了不良示范。从东坡身上，我懂得了一个道理。死亡很容易，而生存是极艰难的。

自杀，是一个人对自身的终极鄙薄。

# 王维：从燃系到佛系

## 1

王维此人，平时话少，走路老是眉头微皱，若有所思。给人的印象，他就像一尊静默的石佛。

其实，他也热血过。我总记得，他年轻时写的这首诗——

### 少年行四首（其二）

出身仕汉羽林郎，初随骠骑战渔阳。

孰知不向边庭苦，纵死犹闻侠骨香。

这首诗，代表了他的前半生。喷薄而出的侠义，至死不悔的热血。估计像高适、王昌龄、陆游、辛弃疾那样多写军旅题材的诗人，都会大呼厉害。

可是世事如棋，后来王维沉沦了。

也超脱了。

比起同时代的大诗人，如孟浩然、李白和杜甫等，他的人生突然变得单调，似古井无波。

经由一些事，他不肯再折腾。这人生立场浸透了他的诗。看下面这首——

### 终南别业

中岁颇好道，晚家南山陲。
兴来每独往，胜事空自知。
行到水穷处，坐看云起时。
偶然值林叟，说笑无还期。

这首诗，代表了他的后半生。外观上怡然自得，内在是释教的精辟，"不执"。

历经磨难，一路走来，却发现人生之路，居然是个死胡同。

怎么办？

（唐）王维　绘《伏生受经图》

不妨歇一歇，昂首看看天上的云彩。

世间各种，再忧伤，再不屈，看看面前的花，听听窗外的雨，吹吹山间的风，就释然了。

他从燃系，彻底走向了佛系。


## 2


出名要赶早。

他出生豪贵，祖上是唐朝五大望族之一的太原王氏，祖父是知名音乐人。史书中的他，"风姿郁美"，刚出道就迷倒万千粉丝。见过王维的人都说，这小伙帅呆了，即使他不会画画，不会写诗，他至少还有漂亮帅气。

对"颜值无用论"，我是不信的。一个人小时候长得悦目，总会帮他获得更多成长机会。稀奇的是古代，没有完整的人力资源系统，不知道如何辨才，相面业是以火爆。宦海职场，好多人因表面出众而被选拔。

王维可以早期成名，是因为他的粉丝大军里，有好多帮他买热搜的人。包括岐王李范，以及玄宗皇帝的亲妹妹玉真公主。

……

最恐怖的是，王维和弟弟王缙照样学霸。

除了对文字的掌控力，他很早就画得一手好丹青。

关于他的音乐才华，也不是吹的。据说有小伙给王维看一幅吹打图，问他画上奏的是什么曲。王维没有去百度，脱口而出，"这是《霓裳羽衣曲》第三叠第一拍"。一查，果真如斯。


## 3


不到二十出道的他，很快又增加了一个标签——科举状元。

那是世界所有念书人，一辈子的妄想。

失败不是成功之母。最轻易导致成功的，就是陆续地成功。

当别人不懈奋斗，一次次冲击科举的时候，王维已经成了进士。但谁都没想到，他会成为状元，从概率讲，比中彩票还难一千倍。

开元九年（公元 721 年），踌躇满志的王维从太原赶到长安。新闻灵通人士告诉他，一个叫张九皋的考生已被提前确定为状元，原因只有一个，他关系硬。看来要在科场上出人头地，仅靠有才，是不够的。

据说岐王李范是本身的粉丝，他决意上门抓住机会。

"如此内定，的确有失平正公理，"李范第一时间见他，并给他出主意，"你三天内预备好十首诗，没问题吧？"

"没问题！"王维拍拍胸脯。

三天后，在李范的引见下，王维在长安郊区的一栋别墅里见到了一个老女孩。她就是当朝皇帝李隆基的妹妹玉真公主，且深得圣眷。

听完王维吟出的诗句，又现场观摩他谱曲《郁轮袍》，大王维十一岁的玉真公主笑了。"这么有才调的人，我照样第一次见，"公主眨了眨眼睛说，"并且，你照样是个小帅哥。"

没多久，内定的状元作废，王维成了当时的榜首。

他的第一个岗位，名叫太乐丞，也就是皇家音乐负责人。固然级别只是从八品，却已是公家核心人物。这也算承续了祖业，几十年前，祖父王胄就曾担当这个职务（其时叫协律郎）。

# 4

一出道就是上流社会的骄子，梦幻一样的开局。

他屁颠屁颠地跟在皇族们身后，写一些时兴的文章。可是一眨眼，他就被权力刺伤。

其时，李范要看黄狮子跳舞，按老例，那种节目只能皇帝本人旁观。作为幕僚，王维没有及时阻止。玄宗盛怒，将王维贬到济州做仓库管理员，就此蹉跎六年。天天打开仓库门透透气，拿棍子赶走老鼠、甲由等小动物。

等回朝之时，他已经三十五岁"高龄"。其时帮他的，是一向很喜欢他的宰相张九龄。就是写出千古名句"海上生明月，天涯共此时"的那位。

……

然则，王维再也无法适应宦海。写出来的诗，气势也大变。看看——

### 山居秋暝

空山新雨后，天色晚来秋。
明月松间照，清泉石上流。
竹喧归浣女，莲动下渔舟。
随意春芳歇，王孙自可留。

此类诗，圆融敦朴，占了他创作的绝大部分。随便来一句，就出色无比。

——隔牖风惊竹，开门雪满山。
——涧户寂无人，纷纷开且落。
——来日绮窗前，寒梅著花未？
——劝君多采撷，此物最相思。
——深林人不知，明月来相照。

大多笔调清淡，感情缓和，意境优雅。

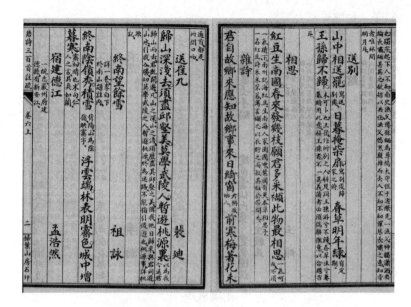

《唐诗三百首注疏》中的王维的《红豆》诗

除了这种治愈系作品，偶然，也会有下面如许包藏锋芒的诗句。

### 观　猎

风劲角弓鸣，将军猎渭城。

草枯鹰眼疾，雪尽马蹄轻。

忽过新丰市，还归细柳营。

回看射雕处，千里暮云平。

有时候，他会去找孟浩然、裴迪喝两杯。

辋川，西安市蓝田县城西南约五公里之地，青山逶迤、峰峦叠嶂，奇花野藤，为秦岭北麓景致之最。最适合王维这种喜欢恬静，又懂得赏识和感悟的人栖身。

在辋川，他半官半隐，与好友裴迪同住。你伶仃，我就陪你一路发呆。

# 5

三十五岁那次被贬后，王维开始寄情于诗画。

之前说过，王妈妈是释教徒，儿子还没出生，她就迫不及待地为他起了名字——王维，字摩诘。合起来即"维摩诘"，这是释教中一位有名的在家菩萨。她冀望儿子净己净人，不沾染人世的尘埃。她经常教导儿子，人生要平静内敛。顺境不要贪，困境不要怨。

王维将释教思维注入自己的作品，创作出了世人赞叹的诗与画。

开元二十四年（公元736年），王维被降职为河西节度判官。跟王昌龄、高适、岑参等唐朝诗人一般，他有了塞外工作履历。在那边，他写出了一辈子最超卓的诗句：

——大漠孤烟直，长河落日圆。
——空山不见人，但闻人语响。
——劝君更尽一杯酒，西出阳关无故人。

世道杂沓污浊，我的精神世界却风和日丽，淡然和平。

看了塞外的天与地，他的诗与画，已和谐得天衣无缝。大文豪苏轼说，王维的诗中有画，画中有诗。

有此境界的古代诗人，王维举世无双。

……

王维平生，很忠诚于母亲的心意。他非常喜欢看得道高僧的列传；他修炼辟谷；他把手杖头镌刻成斑鸠的模样；他把乌龟壳拿来垫在床脚底下；他常在家里焚香打坐。能做到上面这些，并不轻易。

他还写过一部对后世影响深远的《山水论》，开首就是：

> 凡画山水，意在笔先。丈山尺树，寸马分人。远人无目，远树无枝。远山无石，隐约如眉；远水无波，高与云齐。

告诉我，里面是不是布满了禅意？

# 6

安史之乱对李白、杜甫和王维来说，都是一道人生的坎。

李白因投奔永王，犯"附逆"大罪，成了阶下囚。

杜甫抵家途中，发现许多百姓饿死了，连夜写出五百字的控诉书《自京赴奉先县咏怀五百字》。里面有"朱门酒肉臭，路有冻死骨"的千古名句。

对王维来说，那几年也很忧伤。

公元 756 年，长安沦陷，唐玄宗仓皇奔蜀。王维其时的岗位是给事中，地位较低，来不及逃跑，被安禄山的军队捕捉。他不想在安禄山那里为官，偷偷吃了泻药，一天拉十几回。安禄山不相信他有病，将他关押在洛阳的菩提寺，强迫他就范。据说贼军正在庆贺，王维含泪赋诗。题目比正文还长。

> **菩提寺禁裴迪来相看，说逆贼等凝碧池上作音乐，**
> **供奉人等举声，便一时泪下，私成口号诵示裴迪**
>> 万户悲伤生野烟，百官何日再朝天。
>> 秋槐叶落空宫里，凝碧池头奏管弦。

昔时九月，王维无奈在伪朝中就职，岗位照旧，给事中。第二年，官军收复长安，因为上面那首控诉诗，王维被从轻处分，削官为民。后面的几年，是王维生命的最后时光。

他对自己担任伪职的事情，一向耿耿于怀，感觉自己"没于逆贼，不克杀身，负国偷生"（《责躬荐弟表》）。

他断断续续在朝中为官，但看到后宫女人弄权，朝廷毫无振作景象，于是心灰意冷。每日退朝，便在家默坐，焚香诵禅。他就像《鹿柴》里写到的青苔那样，默不出声，默默长在角落。他已经不再等候"明月来相照"。

曾经的轰轰烈烈，早被时光烧成了灰烬。

公元 761 年，王维在家中无疾而亡。

# 7

最后再说说王维与李白。

他们之间，远非"不交游"那么简单，而是隔着一层厚厚的、令人打寒战的坚冰。两人的共同点，其实好多。

他们都出生于公元 701 年，并于同一年（公元 762 年）作古。

他们都是大唐文化金字塔尖的人物，喜欢写诗唱歌，有好多机缘成为好友，从他们的作品来剖析，也有相似之处。好比：

> 新丰清酒斗十千。（王维《少年行》）
> 金樽清酒斗十千。（李白《行路难》）

再好比：

> 纵死犹闻侠骨香。（王维《少年行》）
> 纵死侠骨香。（李白《侠客行》）

如斯"心灵类似",最终却老死不相往来。

　　我发现,王维和李白的作品,加起来上千首,但没有一次互相唱和过。这完全不符合古代诗人的做派。

　　……

　　他们俩的确很不搭。一个求道,一个信佛。一个爱四处浪,一个比较宅。一个狂放到极致,一个内敛到心痛。

　　我总感觉,他们完美错过,有点说不过去。有人认为,王维与李白没有交集,主要是因为玉真公主。说他们是,有名的"唐三角"。至少在对李白的态度上,王维就像一尊冰冷的石佛。

# 骆宾王变形记

## *1*

最近有个想法，不知道大家有没有同感。

很多读者特别喜欢古代诗人。但，都是为了喜欢而喜欢。对偶像的作品以及人生，他们并没有深入了解。要我说，这种粉丝是不合格的。

以前，我曾写过一篇文章，名字叫《屈原：不懂我的人，不要怀念我》。你都没有真正进入古人的内心，谈什么怀念？以囚徒自己为例，这几天好好拜读了骆宾王的作品。觉得自己以前对他，都是皮毛之喜。真是惭愧。

他一辈子共留下一百二十二首作品，多吗？

一点也不多。

要知道，一般创作欲旺盛的，千首以上，稀松平常。像陆游，有九千多首呢。平均三天一更。乾隆的四万多首，我就不说了，反正不是他原创的。

......

如果说骆宾王的一生，是根丝线，那这些作品，就是被丝线串起来的，闪光的珍珠。里面有他的精神世界，有他的喜怒哀乐。我想从第一颗珍珠说起，那个时候，他有个公认的身份——神童。

## 2

我们中华民族几千年来，有很多老糊涂，也有不少小神童。

神童们的人生结局，各不相同。

孔融小时候懂得让梨，后来却成了著名杠精，从董卓、袁绍，一直杠到曹操那儿，终于被砍了头，还祸及满门。

曹冲有惊人智慧（从"称象"典故可见），长得帅，性格还特别好，从曹操的铡刀下，抢救了不少人。后来他力挫兄长曹丕、曹植，成为曹操心目中的继承人。可惜，他仅仅活到十三岁，就因病医治无效，永远离开了我们。

司马光小时候沉着冷静，懂得砸缸救人，长大后成了著名保守派政治家，还出了一本畅销书《资治通鉴》。

方仲永，王安石的发小，童年时才华尽露，把王安石远远甩在后面。仲永的爸爸很惊喜，成天带着他去显摆炫耀。等仲永长大，"泯然众人矣"。

......

作为因诗出名的神童，骆宾王走的是另一条路。

> 骆宾王，字临海，浙江义乌人。
> 在世时间：公元 619—687 年。
> 诗坛"初唐四杰"之一。

大家可能没有意识到，"初唐四杰"对中华诗坛的贡献，到底

144

有多大。唐朝以前的很多所谓"诗人"，写出的作品，题材狭隘，以艳诗为主。要么空洞，要么蹩脚。简而言之，漂亮的废物。这么说吧，如果没有骆宾王、王勃等人，后来有可能不会出现李白、杜甫、白居易等群星璀璨、竞相争辉的大场面。他们在关键节点上，发挥了关键作用。说他们是唐朝诗坛先行者、引路人，并不过分。

## 3

骆宾王的名字，来源于《易经》中的观卦，"观国之光，利用宾于王"。意思是，观仰大国风范，适宜追随君王。客观说，这名字真的不错，寄予了家族长辈们的厚望。"君王之侧"，这也是人民群众所能想象的极限了。

谁知道，这名字，是反的。

只是，他确实与其他孩子不一样。那就是他对文字的极佳把握能力。随口吟出一首《咏鹅》，就流传千年。小孩不会背诵

徐悲鸿　绘《三鹅图》

这篇作品，都不好意思说自己是中国娃。

### 咏　鹅

鹅，鹅，鹅，曲项向天歌。

白毛浮绿水，红掌拨清波。

短短十八个字，秒杀诸多搜肠刮肚、绞尽脑汁的读书人。充满童趣，画面感十足，还易于传唱。

什么都别说了，这就是天赋。如此清丽脱俗的诗句，由一个七岁的孩童即兴创作（没有大人帮忙）。不是奇迹，又是什么？

## 4

有谁想过，这个孩子，成年后，会是一个疾恶如仇的杠精？

他的唯一武器，就是文字。如疾风，如闪电，排山倒海，冲向对手。一般人是绝对受不了的。

其实，这一切有迹可循。骆宾王九岁时，还写过一首《玩初月》。于细微之处，更能发现他的个性和棱角。

### 玩初月

忌满光先缺，乘昏影暂流。

既能明似镜，何用曲如钩。

这首诗的意思是：月亮啊月亮，你既然能那样的光明，为什么有时候，会长得像个钩子一样弯曲呢？潜台词是，我骆宾王要做自己，决不趋炎附势，曲意逢迎。

本来是天真、温柔、自然、满足。画风突变。变得铁血、硬核、坚韧、固执。生命的底色，彻底改变。

没人知道原因，也许他本身，就是一个矛盾体。

……

《咏鹅》《玩初月》两诗，令骆宾王名震江湖。出道即巅峰啊！谁都知道，山东博昌（当时骆父任职的处所）出了个小神童。

小时候的骆宾王，对家族、对政府来说，是"掌中宝"。据说县太爷是老文青，特意命人将这两首作品刻到县衙的照壁上。他特别骄傲——我们县，也是有才子的！

# 5

骆宾王继续蜕变。

他写过一首著名的送别诗，极其悲壮。

### 于易水送人

此地别燕丹，壮士发冲冠。

昔时人已没，今日水犹寒。

此诗一看，就特别的郁愤。著名诗人闻一多由此评价骆宾王，"天生一副侠骨，专喜欢管闲事，打抱不平、杀人报仇、革命，帮痴心女子打负心汉"。这也不难理解，为什么成年后的骆宾王，敢于公然与上司叫板。不是一两次，而是习惯性对抗。这一点，与东汉末年的神童孔融神似。天赋异禀的人，很容易恃才傲物。

从小到大，骆宾王的率真，从未变过。咏群鹅，他很真；写弯月，他很真；易水送别，他更是真情爆裂。可是，真是把双刃剑。他因此性格而怀才不遇，生活潦倒。纵观他的一生，也曾多次进入官场，却总是受到排挤。所谓的仕途，简单得可怜——

"高宗永徽中，为道王李元庆府属"（低级顾问，没级别）；

　　"后为奉礼郎"（大型活动会务）；

　　"历武功、长安主簿"（隋唐以前，主簿很出风头，权力很大。隋唐之后，却只是无足轻重的小吏）；

　　"仪凤三年，入为侍御史"（也是凑热闹的岗位）。

骆同学的仕途，到此结束。

　　虽然不堪，但他从来没有向现实屈服。在侍御史任上，他曾经被人诬陷入狱。关了将近一年，幸遇大赦。为了散心，他申请去边塞做守卫。时间够长，足迹够远。

　　初唐很多诗人去了国境线后，创作丰盛。比如陈子昂、苏味道、崔融、卢照邻。西域的广袤与旷达，同样令骆宾王眼界大开。这期间，他变得尚武进取，写下不少豪迈的诗句。既有地理视野，又有历史情怀。也彻底将他从楼台和市井中，解放出来。这里照录几首，大家可以体会一下。

　　　　——不求生入塞，惟当死报君。（《从军行》）
　　　　——似霜明玉砌，如镜写珠胎。
　　　　　晚色依关近，边声杂吹哀。（《望月有所思》）
　　　　——晚风连朔气，新月照边秋。
　　　　　灶火通军壁，烽烟上戍楼。（《夕次蒲类津》）

仿佛看到了一个血脉贲张、双目圆睁、青筋炸裂的骆宾王。

　　壮哉！

# 6

　　更雄壮的还在后面。

148

六十五岁的时候，骆宾王干了一件大事。应该是一生中最大的事，捅破天了。与野心勃勃的军阀徐敬业一起，反对独裁女皇武则天。

他在这一时期的文学创作，又达到了一个新的高度。代表作，便是那篇传遍天下、令武则天恨得牙痒痒的《代李敬业讨武曌檄》。这一作品，是他后半生的代表作。大家如果有兴趣，可以多诵读几次。文章很长，我们只需要品味一下里面的名句即可。

——试看今日之域中，竟是谁家之天下。

——神人之所共疾，天地之所不容。

——包藏祸心，窥窃神器。

——虺蜴为心，豺狼成性。

——喑呜则山岳崩颓，叱咤则风云变色。

像排炮一样，让人招架不住。难怪武则天问手下：这么好的人才，为什么没有为我们所用？

在那次谋反风波中，武则天高举屠刀，杀了很多人。但是骆宾王幸运地逃脱了，具体怎么逃掉的，没有相关史料。也没人知道他的行踪。有人说，他去了江南。

他有个名叫宋之问的著名粉丝，就是后来靠颜值上位的家伙，据说在杭州偶遇过骆老师。宋被贬到江南的时候，曾经夜游灵隐寺，遇到一个极有才华的老和尚，两人挑灯夜战，兴致勃勃地对诗。离开寺庙，送行的小沙弥悄悄告诉他，那个老和尚便是骆宾王。宋之问赶紧回去找人，已经不知所踪。

## 7

骆宾王的一生，是个不断蜕变、却坚守真我的过程。

五十年后，一代诗圣杜甫写道："王杨卢骆当时体，轻薄为文哂未休。尔曹身与名俱灭，不废江河万古流。"意即：四杰当时的文章，被人们取笑轻薄，现在取笑的人都灰飞烟灭了，四杰的诗词却万古流传。

历史就是这么真实，它不会骗人。

唐中宗李显是骆宾王的铁粉，公元705年复位之后，对骆老师念念不忘。他专门下诏，到处寻找骆宾王的文章诗句。后来一数，有好几百篇。他亲自写序，满屏溢美之辞："富有才情，兼深组织"；"磊落瑰丽，灵活之至"。

后来在诗坛上生龙活虎的大诗人，推崇并模仿骆宾王的，不少。张若虚、王维、高适、元稹、白居易……

骆宾王，大师风范，诗人之师。

真实地过一生，其实很困难。马克·吐温说，真实比虚幻，有时更令人陌生。在生活的种种重压和挑战下，骆宾王最终挺住了。这是时至今日，他仍被记住的理由。

他告诉我们什么道理呢？

"在生活中，我们可以走得很慢，但一定不要后退！"

# 宋之问：我给女皇写情诗

## *1*

月黑风高夜，行人欲断魂。这种天气，最适合干坏事。

公元七世纪末，长安城某后花园，一个身形粗壮的保安正在杀人。手法极尽残忍。他拎起装满硬黄泥的布袋，砸向一个瘦弱的书生。直接砸脑袋，一下，两下，三下……

书生很快倒地，无声无息。保安伸出手指，探了探读书人的鼻息。俄顷，他站起身，左右看看，打开装尸袋。残余的月光照着他的脸，毫无表情。

……

这桩凶案，据说是某位大诗人指使的。

死者是这个诗人的亲外甥。

## 2

宋之问的优点和缺点，都很多。应该是历史上最富争议的诗人之一。他长得很帅（如果这也是一个优点的话），文采也很好。

作为家中老大，他出生的时候，大唐成立不过十八年。大唐很重视门第，但山西有太原王氏、河东裴氏等八大家族，就是没有姓宋的位置。门第上没优势，至少要多奋斗三十年。

好在宋家爸爸宋令文是个坚持不懈的人，他能文能武，是当地小有名气的诗人和书法家。很多年轻人生活无着，易入黑道。可贵的是，对捞偏门，宋令文从来没兴趣。他有空就在家中写诗，乐此不疲。

以前我说过，在唐朝会写诗，那是最牛的一门手艺，基本上不用去摆地摊。只有诗词文章，可以模糊所有门第和阶级的界限。因为连皇帝都是诗迷，对诗人高看一眼。但擅长写诗，并未让宋令文的仕途有起色。他长年在基层徘徊，做过低级武官（左骁卫郎将），拿着放大镜校对过旧书（东台详正学士）。

宋令文自己混得不怎么样，教育后代却很有一套。他的三个儿子，分别继承了自己的优点。长子宋之问善于写诗，次子宋之悌骁勇过人，幼子宋之逊精于草隶。

会写诗的宋之问，前途最被看好。他的诗作发在公号上，起初阅读量只有几十，后来慢慢有了成千上万次点击。一半是因为他的才华，还有一半是因为他的颜值。

## 3

宋老师有多帅呢？

有人说，他"帅得要请保镖"。还有人说，没有一个少女能挡住他的微微一笑。

……

纵览宋之问的一生，才华是他的敲门砖，颜值是他的翅膀。

二十岁，他进士及第，成了读书人中的翘楚。

那个时候，当政的是女皇武则天。女皇是著名颜控，"看脸"成了社会时尚，颜值高的男子，可以在大街上横着走。有句话叫"颜值即正义"，在宋之问身上刚好是反的。他人性中的恶，实在太多。

他热爱钱财。中宗景龙二年（公元 708 年），宋之问转考功员外郎，与杜审言（杜甫的爷爷）、薛稷等同为修文馆学士，不久因受贿罪贬越州长史。

他结党营私。因结交女皇的男宠张易之，陷入统治集团争权夺利的政治漩涡，最终贬为泷州参军。

他出卖色相。工作之余，武则天与帅气的大臣互动频繁。宋之问跃跃欲试，一个劲儿往女皇身边蹭。对颜值的过分倚重，最终害了他。


# 4


最初他是个上进的青年。十五年间，家世低微的宋之问，由九品官跻身五品学士，已经是父亲当年做梦都不敢想的成就。

宋之问很感激武则天，搜肠刮肚，写了很多颂诗。最有名的一首，很有灵气，照录于下——

　　　　　紫禁仙舆诘旦来，青骈遥倚望春台。
　　　　　不知庭霰今朝落，疑是林花昨夜开。

在日记中，他很直白地表明了自己的心迹——"下官少怀微尚，早事灵丘，践畴昔之桃源，留不能去"。大意是，没有皇家的眷顾，自己什么都不是，他要死心塌地为皇帝卖命。

因为对女皇的爱源自内心，他的诗句往往令人拍手叫绝（"文理兼美，左右称善"）。有一次以诗争宠，灵感袭来，宋帅哥写出名句"不愁明月尽，自有夜珠来"，激得"诗坛鬼见愁"沈佺期当场吐血。

还有一次，武则天到洛阳龙门游玩，令手下作诗记载，左史（史官名）东方虬下手快，凭诗获锦袍一套。十分钟后，当武则天听完宋之问的"吾皇不事瑶池乐，时雨来观农扈春"，亲手抢回锦袍，转赐给宋帅哥。

看到武则天那么喜欢自己的作品，回家照照镜子，宋之问觉得自己更帅了。他心旌神摇，当晚失眠，干脆爬起来给女皇写了一首诗示爱。

### 明河篇

已能舒卷任浮云，不惜光辉让流月。

明河可望不可亲，愿得乘槎一问津。


此诗大意是什么呢？

"你是光，你是电，你是唯一的神话。"

"我这张旧船票，能否登上你的客船？"

……

宋之问有点自作多情了，武则天虽爱帅哥，但当时男宠的岗位上，"二张"尚在。也有传说，武则天嫌他"口臭"，最后连他的朋友圈都屏蔽了。不管如何，在离女皇龙床仅一米的地方，宋之问止步不前。

# 5

武则天与宋之问保持距离，可能不止因为宋帅哥"口臭"，还因为对他人品的犹疑。很多事，武则天预料得没那么详细，但后来发生的事，一一印证了她的判断。

神龙元年（公元705年）正月，宰相张柬之发动政变，逼武则天退位，立唐中宗。因宋之问是旧人，贬到遥远的泷州（今广东罗定市），生存很是艰难。耐不住寂寞的宋帅哥潜逃回洛阳，偶然偷听到收留自己的张伸之与人密谋，欲杀死当朝宰相武三思，便连夜向后者告密。张伸之的阴谋被挫败，宋因此升任鸿胪寺主簿（礼宾部门的机要秘书）。

当然，所有劣迹，都比不上他狠心杀死自己的亲外甥。谈到宋之问，这个故事几乎都会被提及，已经成为宋之问的首罪。

故事大意是这样的，他的外甥刘希夷酷爱写诗，屡有佳句。他也很喜欢舅舅写的诗。

客观地说，老宋还是有不少好诗的。比如，

——近乡情更怯，不敢问来人。

——谷暗千旗出，山鸣万乘来。

——野老不知尧舜力，酣歌一曲太平人。

——松间明月长如此，君再游兮复何时。

有这么强大的创作力，宋之问居然还要偷鸡摸狗。

永隆元年（公元680年），刘希夷拜访宋之问，一起探讨诗词创作，并拿出自己的新作《代悲白头吟》。这首诗没多少人知道，但其中有一千古金句，"年年岁岁花相似，岁岁年年人不同"。宋之问看到这句，眼睛都直了，他跟外甥商量，要将这句诗的著作权占为己有。

"你要多少钱，开个价吧。"他斜着眼看着外甥。

"多少钱都不卖！"小刘的脾气很硬，像爱护自己的孩子一样，保护自己的诗。一点回旋余地都没有。

当晚，宋之问就派保安杀死了刘希夷，也就是文章开头发生的那一幕惨剧。

## 6

如此劣迹斑斑的人，也不是没有重新做人的机会。

官场沉浮、数次贬谪，触动了宋之问。特别是从肮脏的朝堂去到秀丽的边陲，他的心灵和境界，也有些许升华。比如他在越州（今浙江绍兴一带）写出的《祭禹庙文》，歌颂大禹治水，同情基层群众。他写道，"先王为心，享是明德。后之从政，忌斯奸佞。酌镜水而励清，援竹箭以自直"。大意是，有权力的人一定要为国为民，做点实事好事，这样才能为万众景仰，留名青史。他的作品从那时开始，有了新的生命力和清新风格。

可是一切都晚了。景云元年（公元710年）夏天，"铁血王子"李隆基与姑姑太平公主联手，诛杀韦后、安乐公主，开始大规模清算。因宋之问长期依附武则天男宠，投靠武三思，被流放到边远的钦州（今广西钦州市东北），后来给他留了点面子，改贬到桂州（今广西桂林）。

过了两年，已登大宝的李隆基不知为何，忽然有一天想起宋之问，开始强烈反胃。于是他下了一道圣旨，命宋之问自尽。

才华很重要，颜值也令人赏心悦目，但心歪了，一切都成空。正所谓，"长得帅，死得快"。

# 7

撇除人性之恶，其实宋之问在诗坛还是有一席之地的。

写诗的人，地域不同，时代迥异，但内心永远是相通的。

宋帅哥被赐死那年，"绝代双骄"李白和王维十一岁，杜甫还是一个新生儿。王维长期隐居的辋川别墅，曾是宋之问的居所。我总是认为，对于王维这样一个有精神洁癖的人而言，他愿意住在宋之问的旧宅里，说明他对宋毫无恶感。

对于宋之问这种浑身毛病，却写得一手好诗的人来说，我想打个不恰当的比喻——我们好好吃蛋，至于生蛋的鸡，不要去想它是什么模样！

# 李白不着急

## 1

唐朝历史，气象万千、跌宕起伏、惊心动魄。以至于影视剧不停地挖掘翻炒。

炒你千遍，不厌倦。

那告诉我，最能代表唐朝的人是谁？李世民、李隆基、杨贵妃、武则天？

都不是。

上面这些人，基本上都是权力所有者。同时，他们也是权力的奴隶。我的意思是，他们已经不是他们自己了。只有那些凭一己之力，带我们一探世界与人性者，才值得佩服。基于此，我推荐中国人的首席语文老师——李白。

# 2

公元 754 年，如果也有社交媒体，那李白的自我介绍，应该是这样的。

姓名：李白

字：太白（其实有点黑）

号：青莲居士（也有不少人叫我诗仙，呵呵）

年龄：保密

籍贯：四川绵州

有无海外背景：有

喜欢的颜色：白色（最喜欢穿白袍）

信仰：毫无疑问是道教

学历：初中（未毕业）

自我定位：诗人、酒鬼、前公务员

江湖评价：特敏感，好吹牛，人来疯

曾经工作岗位：翰林待诏

爱好：写诗、舞剑、旅游、交友

特长：喝白酒、喝红酒、喝清酒、喝米酒

座右铭：不是你的永远不是你的，是你的也将不是你的，所以不着急。

……

写到这里，忽然想起来，今天早上有个粉丝问我，为什么你要写李白搭上去安徽的长途汽车，那时候还没有汽车吧？

这位应该是新读者，还不知道我的写作特点。如果没有一些新鲜的比喻，复古的场景，写历史估计是颇难的。不管是滴滴马车、诗人唱歌，还是古人刷抖音，其实都不算太离谱。重要的是，古人与今人的物质条件、消费观念在变，但人性，从未改变。

# 3

如果要评选中国人心目中最伟大的诗人，十有八九得到的回答是"李白"。

他的诗，不会背的人，大约很罕见。

金句太多，根本数不过来，比如

——举头望明月，低头思故乡。（《静夜思》）

——清水出芙蓉，天然去雕饰。（《经乱离后天恩流夜郎忆旧游书怀赠江夏韦太守良宰》）

——飞流直下三千尺，疑是银河落九天。（《望庐山瀑布》）

——云想衣裳花想容，春风拂槛露华浓。（《清平调·其一》）

——天生我材必有用，千金散尽还复来。（《将进酒》）

……

可以这样说，如果唐朝没有李白，将会失色很多。人类的进化，是缓慢的，尤其在精神世界。一个思想的巨人，可以照亮人类数千年。

一千三百年前，李白为何能将人类的生命体验，推向前所未有的高度？那种近妖的、可怕的创作力从何而来？为何他能 PK 掉其他巨星，成为唐朝的最佳代言人？这是历史的选择。也跟他的超强个性有关。

他的个性，就六个字：爱喝瑟，不着急。

# 4

李白是家中十二个孩子中最小的，很得父亲李客宠爱。据说李家是汉朝"飞将军"李广的后裔，后来为了躲避政治追杀，不得已从老家甘肃成纪（今甘肃静宁县西南），搬到万里之外的碎叶城（今吉尔吉斯斯坦境内）。

李白五岁的时候，他们一家历经千辛万苦，穿越重重大山，把家搬到四川绵阳。为什么搬到这个地方，没人说得清楚。

父亲教李白学习文化知识，希望他日后能有出息，成为大唐的正能量。

赞颂李世民的《秦王破阵曲》三下乡演出团，也曾到过绵阳。从此，李白爱上了舞剑。后来，他身上有两样东西须臾不离身，一是酒壶，二是铁剑。如果碰到他酒后舞剑，你就要当心了，"十步一杀"不是开玩笑的。他对自己舞剑的水平是超级自信的。

行走江湖，难免遇到妖魔鬼怪，离谱小人。但是不怕，我有剑。

李白不着急。

# 5

公元八世纪初，阿拉伯帝国和大唐帝国同时崛起。

李白一家的经济条件不错，他接触的都是绵阳青莲乡最有学问的人。对道教的浓厚兴趣，也在这时养成。绵阳的匡山有一群道士，小李白跟在他们身后，好奇地观察他们的生活起居。甚至道士们炼丹的时候，李白也在一旁打下手。炉火映照着他稚气的脸庞，他那时大概只有七八岁。

"人间真有成仙这回事吗?"这个小男孩心想。

此时，他在文学上的天赋也开始显现，开始练习写诗作赋。他最喜欢看古代圣贤的故事，少年时期的偶像是四川老乡、西汉著名辞赋家司马相如。偶像与卓文君的恋爱私奔故事，也让他心动。大概在十四岁的时候，他一口气写下三篇模仿之作，《明堂赋》《大猎赋》《拟恨赋》。他渴盼着有一天，自己也能像司马先生一样，成为皇帝的座上宾。

浑身才气，还有数不清的运气。

他做梦也没想到，后来他会是一个浑身酒气的人。

公元 726 年，李白二十五岁，这个青年要去闯天下、谋功业。这是他个人的志向，也是家庭的期待。书童丹砂随他出发。此前他既没有离开过四川，更没有娶老婆，这是一件很奇怪的事。因为古人平均寿命短，大多早婚，有的人甚至四十岁就当了爷爷。他的模样不差，家里经济条件又好，坚持不结婚，家长也默许，说明李白根本没有在四川待下去的打算。他内心的使命感，是有多神圣多强大?!

李白不着急。

## 6

李白这个人很讲感情，所以他的朋友很多，质量也很高。比如吴指南，这个人也来自四川，是他在旅途中认识的，两人互相照顾，相谈甚欢。后来吴指南身染重病而死，李白悲痛地将他埋在洞庭湖边。三年后，他仍然念念不忘这位昔日好朋友，专门赶到岳阳，挖出吴指南的尸骸，用刀子剔除腐肉，在湖中洗净，迁葬到了湖北武昌（当时叫鄂城）。这件事情在当时口耳相传，很多人都知道有一个诗坛新人叫李白，他是一个有情有义的人。

孟浩然一直到二十五岁才出山闯天下。他的诗专写田园风光，很是唯美，为人也很厚道。李白与他在武汉一见如故，喝得人事不醒。年龄上相差一轮的他们，后来成了一辈子的朋友。他为孟浩然写过二十多首诗，其中一首开头就是"吾爱孟夫子，风流天下闻。"（《赠孟浩然》）

再后来，李白遇到了贺知章。贺老师更老了，足足比他大四十二岁，做他的爷爷绰绰有余。作为朝廷重臣，贺知章一点也不摆谱。头一次跟李白喝酒，他就把皇帝御赐的小金龟拿出来当酒钱。看过李白的诗，他大加赞赏，说李白是"谪仙人"，也就是天上下凡的神仙。这个评价很形象，也很到位。从此江湖上就开始称李白为"诗仙"。

杜甫是李白的小迷弟，跟着他去了不少地方，甚至在帐篷里睡在一张床上。"醉眠秋共被，携手日同行。"（《与李十二白同寻范十隐居》）李白的诗浪漫，写极乐世界；杜甫的诗现实，写眼前不堪。似乎有些格格不入。但他们的友谊，成了中国诗坛的最大传奇。

（清）黄慎　绘《春夜宴桃李园图》

李白最值得一提的好朋友，还有大唐前公务员、安徽泾县房地产富商汪伦。他们的相识，缘于一场骗局。李白当时名满江湖，汪伦想邀他给自己的项目做广告。因为害怕拒绝，骗他说，泾县处处是桃花和美酒。李白火速而至。虽然受骗，他却并不生气。还专门为汪伦写下千古名句，"桃花潭水深千尺，不及汪伦送我情。"（《赠汪伦》）

……

在对待朋友这件事上，如果用另一位大诗人高适的作品来概括李白的态度，那就是"莫愁前路无知己，天下谁人不识君？"广袤天下，芸芸众生，你总会找到跟自己尿到一壶里的人。你不用主动去寻，等着就行。

李白不着急。

# 7

清高成就了李白，有时候也令他痛苦。

从离开家乡那一刻开始，他就觉得自己是当高级官员的料，应该一步登天。至于中间环节，都可以省略。所以，他不愿意从基层小官做起，甚至也从未参加科举考试。

很多大诗人都有金榜题名或悲惨落榜的经历，很多人为了拿到功名，刻苦攻读，头发全白。但是李白没有这样的经历。他的头发，可以因为没有酒而变白，绝不会因为世俗的东西而白。

从最底层干起，这对李白来说是不可想象的。清高是很多男人的臭毛病，李白是个例外，越是狂妄清高，越有魅力。

公元742年，经过多年打拼，四十一岁的李白终于拿到朝廷的offer（录取通知）。这是他第一次被推荐，进入组织部门考察范围。他甚是得意。刚出家门，就大声吟道："仰天大笑出门去，我辈岂是蓬蒿人。"（《南陵别儿童入京》）路上练剑，他狂妄地写道：

"十步杀一人，千里不留行。"（《侠客行》）看起来龇牙咧嘴，其实是在吹牛。后经多人考证，始终没有发现李白杀人的证据。当时，他的内心一直在呐喊：我是天才，我是天才，我是天才！

这不是狂妄那么简单。高烧不退，出现幻觉，临床上，基本上够得上去精神病院报到了。

这样性格的人入宫，会有什么结果，是可以预见的。

作为一个专职拍马屁的翰林待诏，他很不跟主人见外。杨贵妃为他磨墨，高力士为他脱靴，就连大boss唐玄宗，也亲自为他调羹。纵观几千年中华历史，能胆大、嚼瑟成这样的普通群

（清）苏六朋　绘《清平调图》

众，也只有李白。换成其他人，多少个脑袋也不够砍的。但是，谁让他有才呢？

165

似乎他从不担心前途，你们不用我，是你们的损失，不是我的损失。哼！

在仕途上，他可以一根竿子，捅破天。

李白不着急。

## 8

有时候，酒就是李白，李白就是酒。如果他不是那么好喝酒，很多精彩的诗歌，根本不会产生。那今天的我们，又该是多么的遗憾！甚至有人经过大概估算，说李白一生喝的白酒，有五十吨。李白的诗歌中，有五分之一写到喝酒。

酒一旦入肠，他的创作欲最旺盛。他写过"花间一壶酒，独酌无相亲。举杯邀明月，对影成三人"。（《月下独酌四首·其一》）

他还写过"兰陵美酒郁金香，玉碗盛来琥珀光。但使主人能醉客，不知何处是他乡"。（《客中行》）

当然最出名的还是"人生得意须尽欢，莫使金樽空对月。天生我材必有用，千金散尽还复来"。（《将进酒》）

读完，有没有感觉到一股酒香扑面而来？这首诗，后来成了天下酒鬼们自我安慰的最佳借口。但经考证，李白喝的，都是低度酒，包括米酒、黄酒、红酒和漉酒。基本上，跟喝水差不了太多。

他的死，也跟喝酒有关。《旧唐书》中说，李白"饮酒过度，醉死于宣城"。

酒入肠，万事皆默然，唯我是主宰。

你们折腾你们的，我就在旁边看着。

我李白，不着急。

# 李白：剑客还是贱客

*1*

虽然我们这个时代，已经不是徒手执剑的时代。但对于快意江湖、刀剑如梦的时光，还是怀想的。似乎对那些左手拿笔，右手持剑的人，特别迷恋。比如辛弃疾，比如李白。

1983年香港演员刘松仁曾出演过《剑仙李白》，刘老师是我很喜欢的一个演员，可能是港台剧里站在那儿拿着剑，唯一不违和的人。我不知道他这个扮相是不是像李白，出生于西域的李白应该没有这般俊俏飘逸。但只要身穿古装，端上酒杯，这般郁悒，便有几分像李白了吧?!

出于对诗仙的强烈兴趣，这部古装剧，抽空看了几集。但见李白在空中腾飞，剑气浑厚，令人胆寒，见者无不退避三舍。这让人遗忘了这位海归的看家本领是写诗，还往往能写得人血脉贲张，很多人看完李白的诗，觉得自己像嗑了药，人世间的苦与痛，没有那么强烈了。

李白是老天赠给人类的礼物，这样的人，宇宙是限制不住的。他时而百炼钢，时而绕指柔，如神祇降临于纸上，荡气回肠。他的文字总是充满瑰丽的想象，是对庸碌俗世的一种逃离。

六十一年的人生里，他演绎着一个有血有肉的灵魂。这也是为什么看到电影《妖猫传》里李白形象的时候，很多人热泪盈眶的原因了。像不像真的不重要，只要有他的吉光片羽、一鳞半爪，就已足够。

## 2

李白的诗，很多时候仰仗酒，还有很多时候寄托剑。来看几句他的原创剑诗。

——剑阁峥嵘而崔嵬，一夫当关，万夫莫开。

——愿将腰下剑，直为斩楼兰。

——闲过信陵饮，脱剑膝前横。

——别时提剑救边去，遗此虎文金鞞靫。

——学剑翻自哂，为文竟何成。

——剑非万人敌，文窃四海声。

这气魄，这神采，已经不是人作，而是神作。剑之所指，总是慷慨激昂，刻不容缓，生死攸关。

唐朝的诗人们，大概很少有人不是李白的粉丝。魏万就是其中一个，在编纂李白诗集时，他说，李白"少任侠，手刃数人"。这个记录是有一定真实性的，意即诗仙年轻的时候是个古惑仔，砍个把人，不在话下。很多人说李白善于耍剑，都是凭借这个记录。

文与武、静与动之间，是有一种神秘联系的。就像意大利文艺复兴时期的大师达·芬奇，不仅在艺术的殿堂里任意驰骋，在自然科学方面，也是一个了不起的人。只有把这些矛盾调和好的人，才能在看似不相干甚至完全对立的世界里如鱼得水，左右逢源。

世界万物竟然是相通的。

<h1 align="center">3</h1>

魏万的记录，最大的遗憾是没有细节，很多人因此不太信服。觉得所谓的"李白会剑术"，根本就是子虚乌有。他们承认，李白是运动爱好者，目光如虎，爱骑马射箭蹴鞠，经常邀人共猎，还参与过打群架，在治安部门有案底。

他们也说，李白的作品里，有一百零七首写到剑，其实只是表达自己的放荡不羁。长安是尚武之都，而本身是知名"潮人"的李白，难免会跟风。

还有人更恶毒更彻底，说李白不是剑客，是贱客。

……

其实这是冤枉了李白，跟许多人表面的热衷相比，他是下了真功夫的。自古以来，侠与士，是有很多牵连的。偶然必然之间，这种牵连在李白身上实现了更精妙的统一。

早在幼年时，李白就很关注人类的精神世界，对佛道的超验世界更是向往。佛家、道家的信徒们在修行之余，经常会挥挥棍，舞舞剑。李白就是那个时候培养了对剑术的浓厚兴趣。看到别人舞剑，他反复模仿，故能"剑术自通达"。他还有作品中记述那段幼年生活——

蜀僧抱绿绮，西下峨眉峰。

为我一挥手，如听万壑松。

169

客心洗流水，余响入霜钟。

不觉碧山暮，秋云暗几重。


乍一看，这首诗有点像是王维写的，这是因为李白还未踏入社会，作品中过早地有了这种闲云野鹤的无病呻吟。

这个时候的李白，已经培养起自己一生的生命情调，就是活在世界的侧面。他最喜欢的事情，便是骑着白马，身佩宝剑，迎着朝阳，晃晃悠悠地出入城池。他还喜欢右手抚剑，站在悬崖边眺望。

在他眼中，山含情，水含笑。他的眉毛开始舒展，嘴咧开的幅度很大，他终于狂啸起来。古代行为艺术第一人，非李白莫属也。


# 4


自李白踏入江湖，关于他的故事就一直是文学青年们的谈资。比如，有人说，他刚离开四川时，为了守护好友的尸体，他单剑挑双虎，最终还赢了。估计后世的武二郎得知，也要献上自己的膝盖。

除了刻苦钻研剑术，他深知名师培训的重要性，所以千方百计联系上第一高手"剑圣"裴旻，拜其为师。

裴旻是个退伍军人，脸上有三道刀疤，令人不寒而栗。他曾与契丹人、吐蕃人作战，军转以后，经常在各地表演剑术，收割粉丝无数。

在没有抖音的当时，名气的传播，完全靠群众的嘴巴和耳朵。《独异志》中的裴旻，是一个绝代剑客。"掷剑入云，高数十丈，若电光下射，旻引手执鞘承之，剑透室而入，观者千百人，无不惊栗。"就连对李白十分不感冒的王维，也曾专门作诗，赞美裴旻——

> 腰间宝剑七星文，臂上雕弓百战勋。
> 见说云中擒黠虏，始知天上有将军。

此诗开头就点到裴旻的佩剑，然后高度评价其丰功伟绩，似乎在有意提醒读者，高明的剑术等于战场上的成就。

在其任龙华军使、镇守北平的时候，裴旻创下了一天射杀三十一头老虎的记录。迅速、准确、残酷。估计野生动物保护协会的人，也要着急了。这么威猛的老师，李白是不会错过的。他踏上了拜师之路，后来他回忆道，"顾余不及仕，学剑来山东"（《五月东鲁行答汶上翁》）。

现在找不到老裴跟李白师徒交往的细节，但其精彩程度，一定不逊于李杜的交往。囚徒觉得，李白下面这个作品里，有老裴的影子——

### 侠客行
> 赵客缦胡缨，吴钩霜雪明。
> 银鞍照白马，飒沓如流星。
> 十步杀一人，千里不留行。
> 事了拂衣去，深藏身与名。
> ……

这可能是李白最知名的一首剑诗。其灵感源头，便是裴旻。

# 5

李白一生爱浪，爱酒，爱剑，因为他家底不错。他的爸爸算是一个土豪，他哥哥在九江做生意，弟弟在三峡也有产业。

有人说，人在困苦中，始有成就。其实有些偏颇。男人富养，也可以有豪迈气概，脱俗精神。可以这么理解，富二代李白，很早就过上了想要的生活，所以能集中精力，把自己的兴趣发挥到极致。比如在练剑这件事上，他不仅拜师，自己也收了徒弟。当时他大概只有二十岁左右。

他写过一首《叙旧赠陆调》，讲的就是他在长安被一群斗鸡泼皮包围，眼看独木难支的时候，徒弟陆调突出重围，果断报警，诗仙的命才得以保全。他高度评价陆调，"风流少年时，京洛事游遨"。

此后，闯荡江湖，剑术就是他的重要名片之一。

他向韩荆州自荐，说自己"十五好剑术，遍干诸侯"。意思是，不仅剑要得好，他还喜欢结交王公贵族。

他给孟浩然写诗，又写道，"托身白刃里，杀人红尘中"（《赠从兄襄阳少府皓》）。大意是，我李白是个讲义气的人，为了朋友，不惜两肋插刀，手刃歹徒。

这生活，过得也太爽了。三十岁左右，真的是李白活得最无忧的时光，来去如风，血性十足。他甚至想给自己起一个绰号：屠夫。

## 6

月辉之下，李白又开始耍剑，光圈内外，青光莹莹。他面无表情，却目光锐利，似乎想要斩杀世间一切妖魔鬼怪，魑魅魍魉。此时，剑是他的诗，诗是他的剑。

# 高适：放下你的剑，我不会说抱歉

## *1*

高适，人才难得。不仅能活跃于民间，还能走红于庙堂。

他写过很多边塞诗，与岑参、王昌龄、王之涣合称唐朝边塞诗"四大天王"。

他的诗友中，最著名者是李白、杜甫。

他打过很多仗，最著名的战友，叫哥舒翰。

他在仕途上爬得很高，甩一众诗人几条街，清高如李白、才高如王维、仕途达人如白居易，都未达到那样的高度。就连贺知章那样的老油条，也望尘莫及。

高适，有唐一代，唯一封侯的大诗人。《旧唐书》："有唐以来，诗人之达者，惟适而已。"死后更是被冠以"忠"的谥号，这是一种很高的荣誉。

他身上，有很多谜团。最大的一个谜，是李白被抓进看守所，他居然置友情于不顾，不仅不搭救，还一脸"我不认识李白"的表情。这种躲猫猫的态度，跟他的笔风很不相符。这还是那个笔力雄健，气势奔放，奋发进取，蓬勃向上的高老师吗？

## 2

我能理解高适的不容易。

如果他有座右铭，我相信是下面这句："人生哪有什么成功，挺住意味着一切!"

高适一直是一个志存高远的人。就像他的名字——境界高远的地方，才是他的舒适区。

高适同志的一生，是战斗的一生，激越的一生。所以他热爱战场，最后也以边塞诗而闻名。在六十一年的生命里，他从未放弃过自己，一直在奋斗、奋斗。

如果用世俗的眼光看，高适的人生，一直蹉跎到了四十九岁。但生活和命运，最终还是褒奖了他。让我们先看看他逆袭的一生，是如何度过的。

## 3

高适的家乡，河北景县。女皇武则天执政的最后一年（公元704年），高适出生于河北景县。他生命的前二十年，历史记载很少，估计跟我们一样，努力学习，生活枯燥。

二十岁的时候，他第一次到长安旅游，看一切都觉得新奇。他想留在长安，可惜首都房租太贵，他很知趣，转身去了宋城（今河南商丘）。在那里，他一边学习，一边从事人类最原始的职业——种地。这样的生活，一直过了七年整。

开元十九年（公元731年），他也快三十岁了，觉得这样下去可能一辈子就废了，于是北上旅游。

在写诗的同时，开始与有权势的人拉关系。他想加盟朔方节度副大使、信安王李祎，以及幽州节度使张守珪的幕府，都没有成功，别人看不起他。

生活没有起色，令人着急。

要知道王维像他这么大的时候，已经是全国状元了。真是人比人，气死人。高适也想走科举这条路。开元二十三年（公元735年），他赶到长安参加考试，不幸名落孙山。三十五岁再考，再次落第！可能大家不懂古代落榜意味着什么。我可以告诉你们，现在我们高考落榜了，还有很多谋生的招数。但科举，真的是古代读书人的独木桥。

# 4

高适的生活，一天不如一天。他也不敢在长安待下去，房租餐饮太贵。他不得不返回宋城，途中遇到一个从边塞回来的朋友，肚子里有点笔墨，写了一首边塞诗。作为军事迷，高适随即写了一首《燕歌行并序》应和。诗中为后人所赞的名句有：

——战士军前半死生，美人帐下犹歌舞！
——君不见沙场征战苦，至今犹忆李将军！

看得出，他当时是个愤青。自古愤青皆无奈，高适也一样。

他看到了长安的精彩、繁华和美丽，可是那跟他一毛钱关系也没有。将士在前方拼杀，可是我高适呢？毫无作为。真的很难容忍。他在诗里顺带感慨了一下："我们当代的李将军在哪里？"

## 5

在宋城，高适继续蹉跎，以酒浇愁。实在受不了的时候，他就一个人出去散心。去的地方，除了魏郡，还有楚地。

很快又到了新一年的春天，高适四十五岁。朝廷发生了大事，大唐吏部尚书房琯被贬出朝，他的门客董庭兰也因此离开长安，董是高适的好朋友。冬日时分，高适与董庭兰在河南老家相遇，喝得昏天黑地，伸手不辨五指。分手之际，他写出了一首豪情的《别董大》——

> 千里黄云白日曛，北风吹雁雪纷纷。
> 莫愁前路无知己，天下谁人不识君。

这是能进入中国诗歌史的殿堂级作品。

此前，文人们写的告别诗，要么凄凉缠绵、怨天尤人，要么低徊伤感。用今天的话说，不是太正能量。而同样不得志的高适，却写出了空前的豪迈。以豪迈写愤懑，看似不搭，实则水平极高。

## 6

很快，高适同志的好运就来了。在告别董大的第二年，也就是四十六岁时，科举的红榜上，终于出现了高适的名字。但人事部门给他安排的职位，令他重归郁闷。

封丘尉，九品官。它的工作主要是"亲理庶务，分判众曹，割断追征，收率课调"。也就是说，主要忙杂事，同时职低权轻。这个岗位，白居易、孟郊、李商隐、王昌龄、颜真卿都待过，发过牢骚。他也想发牢骚，想了想，算了。

高适决定赌一把，毕竟已五十岁，算进入晚年了。他要去从军。这需要巨大的勇气，不是每个诗人都能杀敌于战场，运筹于帷幄。

事实证明，他的这个决定无比正确。河西节度使哥舒翰看中了他，并迅速任命他为掌书记（机要秘书）。哥舒翰是唐朝很有名的一员猛将，对打突厥人很有经验，深得朝廷信任。至于他为什么看中高适，可能是他喜欢边塞诗，也可能是因为高适跟他有相似的人生经历。哥舒将军以前也不成器，整天赌博喝酒，无所事事，一直到四十岁仍然没有人生目标。直到父亲去世后，哥舒将军才痛改前非，决心干出一番事业。

一个人只要醒悟，机会总会垂青于他。

# 7

哥舒翰成了高适人生中第一个伯乐。

几乎郁闷一生后，高适从此进入事业的快车道。所谓，"野百合也有春天"，所谓，"苔花如米小，也学牡丹开"。在这里，囚徒要为高适点个大大的赞。确实懂得抓机会。

走上这条道，他就没下来过。即使后来哥舒翰惨败、被杀，他仍能获得玄宗和肃宗父子的青睐，这在当时复杂的政治形势里，并不容易。这是他跟诗人朋友们不一样的地方。

很多诗人，只能搞搞创作，喝点小酒，发点牢骚。但高适显得更有政治头脑，知道如何在凶险的官场立足。换作李白或杜甫那样的官场小白，恐怕早就被对手整死了。高适终于把握住自己的命运。

……

虽然在年龄上没有什么优势，但高适晚年仕途坚挺，一路飘红。

——五十二岁，拜左拾遗，转监察御史，辅佐哥舒翰守潼关。

——五十三岁，随大老板唐玄宗至成都，不久被提拔为谏议大夫；同年十二月，高适升为淮南节度使，掌管大唐最富庶的地区，并组织军队讨伐造反的永王李璘。

——五十四岁，平定永王叛乱，并救睢阳之围。

——六十岁，任剑南节度使。

——六十一岁，任刑部侍郎，转散骑常侍，进封渤海县侯。

高适的个人声望，在封侯这一年，达到了顶点。

写了一辈子诗，现在才知道，写诗只是自己的副业。

## 8

文章的最后，要揭开一个不解之谜。

李白入狱，为何高适没反应？

这件事，没有结论，只能靠历史资料来推断。

公元 744 年，四十岁的落榜生高适，在一次鸡尾酒会上认识了李白。当时李白已经是诗坛传奇、社会名流，而高适仍然蜗居在河南，人生没有方向。可以想见高适对李白的崇拜。他像个孩子一样，乐呵呵地跟着李白、杜甫，在河北、山东一带野游，不知疲倦。

关系好到什么程度呢？根据杜甫的记录，三个人可以睡一张床（"醉眠秋共被，携手同日行"）。白天打猎寻仙，晚上喝酒对诗，好不畅快。

就这样过了两个多月时间，高适才回到商丘，再次复习，准备科举考试。他信任李白大哥和杜甫弟弟，引为知己。经常给他们写信，交流新诗，互相鼓劲。

安史之乱爆发后，高适投笔从戎，实现了人生的转折。他的伯乐，先是哥舒翰，后是唐玄宗和唐肃宗。运气来了，门板都挡不住。但彼时，老天在他和李白之间，开了一个天大的玩笑。

事情是这样的。李白觉得永王李璘有治天下的才华，果断前去投奔（投资眼光不是一般的差）。而朝廷派去镇压叛乱的，正是刚被提拔为淮南节度使的高适。高适联系到很多反对永王的军队，暗中策反永王的心腹。

他指挥打仗也很漂亮，永王很快战败。李白被俘虏，罪名是附逆，也就是参与谋反。一般这种罪名，难逃一死。李白当时的夫人找高适帮忙，高大人避而不见。李白着急了，在浔阳的看守所里，亲自给高适写信，回忆了他们的友谊。最后问道："高大人现在发达了，能不能救救为兄？"高适不仅没有救他，甚至连一个简单的回复和表情都没有。如此冷静与理性，很不近人情。

如果你了解唐朝当时的政局，你就会理解高适的无奈。走到那么核心的位置，高适的眼界很开阔，他的人生只剩下两个字：权斗。很多人都知道，他与李白的私人关系很好，正等着他做出错误的判断。必须划清界限。只要走错一步棋，别说营救李白，连自己都可能万劫不复。前半生蹉跎，后半生凶险，这就是高适生命的全部。

## 9

好在李白的运气不错，他没有被判死刑，只是被流放到夜郎（今贵州正安县一带），半路又被放走。只是从此，高适和李白，这对曾经的好朋友、患难之交，成了熟悉的陌生人。一见如故，再见陌路，说的可能就是高适和李白吧?!

我曾设想过一个历史场面。李白出狱，寻到高适，拔剑出鞘，要找他麻烦。众所周知，李白的剑术，是不错的，他曾自称大唐第二，仅次于老师裴旻。他曾多次在诗中杀人，有诗为证，"十步杀一人，千里不留行"；"单人退群寇"；"日杀三虎"。现在，他似乎想在线下杀人了。高适左右，将士们全都拔出了刀，亮晃晃一片。高适哭笑不得，拍着李白的肩膀说——"放下你的剑，我不会说抱歉!"

# 晏殊：我的低调，你们学不来

## 1

公元 1005 年，全国统一科举考试，开封某考场。

一声铃响，考生们鱼贯而入。他们中有的状如农夫，裤管高卷；有的胡子花白，一看就是多年落榜；有的身穿锦袍，看别人的眼神中，满是不屑；还有的一脸紧张，应该是盘缠用尽，只剩最后一搏。

一个十来岁的少年，飞奔而至，拼命往考场里挤。

"娃儿，走走走，这不是你玩耍的地方！"满脸横肉的保安大声呵斥。

"这是我的准考证。"少年抬头，递上一张硬纸片。

纸片上写着一行小字，江西临川，应届生。还有两个大字：晏殊。

保安狐疑地看了看少年的脸，笑得像一朵烂菊花，连声说："请进，请进！"

少年晏殊，当年只有十四岁。

后来的事实证明，公元 1005 年的科举就是为他准备的，其他所有人都是陪衬。他的开挂人生，从这一天正式开始。

## 2

囚徒写古人故事前，都会分析他们的父辈，因为那里有很多蛛丝马迹。晏殊的爸爸晏固很平庸，只是江西抚州的一名低级武官，论级别，大约是排级，日常被人吆五喝六，疲于奔命。

据传五岁之前，晏殊脚不能走，口不能言。但后来好像晏家的祖坟上开始冒青烟了。因为晏殊开口即能吟诗，成了大宋"神童俱乐部"年龄最小的成员。古代神童都会得到善待，到十三岁的时候，由于名气太大，当地官员张知白亲自出面与晏殊座谈，并极力举荐其进京。"如此优秀的孩子，应该早点献给国家！"张知白微笑着对晏固说。结果就出现了本文开始的那一幕，仅十四岁的晏殊与全国各地考生同场竞技。

"三十老明经，五十少进士"，晏殊足可傲视几千年科举史了。年轻，只是小晏诸多优点中的一个。很快大家发现晏殊不是来走过场的，他每场考试都提前交卷，每场都考第一。

到了最后的殿试，宋真宗赵恒对这个少年产生了相当浓厚的兴趣。听说晏殊横扫考场的故事后，他派人专门盯着这个小家伙。消息不停传来。

"晏殊提前一个小时交卷了！"

"晏殊说考题他之前做过，要求换了一个！"

"很多考生围着晏殊，要加他微信！"

三十七岁的真宗笑了笑，喝了口杨梅酒，开始埋头批阅奏章。

# 3

第二天，大内的王公公专门到考试院宣读了真宗的口谕：晏殊才华非同一般，赐"同进士"出身（大约相当于现在的高考保送）。王公公还专门找晏殊耳语了一番。原来，太祖赵匡胤有训，"南人不得坐吾此堂"。宰相寇准以小晏来自长江以南为由，大搞地域歧视，但真宗还是力排众议。又过了几天，十四岁的晏殊被任命为秘书省正字，后升任户部员外郎，这么年轻，听说过吗？这是发生在一千年前中华帝国的真实故事。

说起来，晏殊的仕途开始得太早太顺利，没有什么悬念。鸿运当头，估计谁都没办法低调，但晏殊居然一直保持本色。

宋真宗这个人，确实很"真"，他毫不掩饰对晏殊的喜爱。他首先喜欢晏殊的诚实。作为十多岁就走上重要岗位的公务员，晏殊从来不与同事们一起游乐喝酒，要知道这是当时的官场时尚。

"你为什么不出去潇洒潇洒？"真宗有一次问。

"微臣也想游啊，但是没钱！"晏殊老实地回答。

真宗听了，哈哈大笑。他已经离不开这个来自江西的小伙子。

即使后来晏殊的父母去世，真宗也没舍得让他辞职守制，只是准了几天的丧假。真宗欣赏晏殊的才华。作为北宋第三任皇帝，真宗比晏殊大二十三岁，虽然本朝以武将兵变开国，但对读书人有一种天生的亲近感。

他遇事喜欢咨询晏殊，有时候不当面问，而采取递小纸条的方式。这种皇帝对臣子的偏爱，几千年来也是不多见的。

真宗还把太子的教育重任交给晏殊，这个岗位（太子舍人）很关键，为晏殊日后几十年的仕途铺设了坦途。

# 4

虽然从政之初，晏殊很排斥"吃着火锅唱着歌"的悠闲生活，但后来他变了，变得还很彻底。

他严重喜欢上了酒精，觉得那是世界上最纯净最具魅力的液体。李白那样的大诗人，爱独饮，而晏殊爱群喝。史料里面是这么说的，晏老师"未尝一日不宴饮""每有嘉客必留，留亦必以歌乐相佐"。晏殊在其他方面很是节俭，但就喜欢请人喝几杯，家里存了上百桶好酒。

故宫博物院藏冯承素摹王羲之《兰亭序》

他喜欢王羲之的书法名作《兰亭序》，觉得那是人类举办宴饮party的最大精神成果。他也从那种热闹场面、似醉非醉之间，找到了写作的灵感。看下他的祝酒词。

——新酒熟，绮筵开。不辞红玉杯。

——君莫笑，醉乡人。熙熙长似春。

——暮去朝来即老，人生不饮何为？

　　感觉是一个宋朝的李白啊。据说他的作品，多达一万多首，绝对是产量最丰的古代词人。虽然现在绝大部分失传，但也从一个侧面，可知他一生喝了多少酒。不比李白吹嘘的"五十吨"少。

......

　　那时的大宋，正平缓地进入盛世，富贵、宴游、写词，是人们心中质感文士的标配。有真宗的加持，晏殊在三个方面都成了代言人。他对豪奢生活的定义，引领了时尚潮流。

　　当时有一个叫李庆孙的书生，成天爱在朋友圈嘚瑟。他写道："轴装曲谱金书字，树记花名玉篆牌。"字里行间，尽是豪华排场。晏殊看不上这种炫富，他跟帖写道："此乃乞儿相，未尝谙富贵者。"在他眼里，富贵不是物质，而是种气象。

　　接下来的几天，晏殊连更了几条朋友圈。

——劝君绿酒金杯，莫嫌丝管声催。

——楼台侧畔杨花过，帘幕中间燕子飞。

——梨花院落溶溶月，柳絮池塘淡淡风。

——一霎好风生翠幕，几回疏雨滴圆荷。

这种低调的炫富，大千世界，几人有之？

# 5

　　晏殊的生活不完全是觥筹交错，还有血雨腥风。自古以来，一入政坛皆如此。

　　公元1022年，壮志未酬的宋真宗走了。十二岁的赵祯接班，是为宋仁宗。刚出生，仁宗就浑身都是故事。著名的"狸猫换太子"，说的就是他。大意是，真宗的正版爱人刘氏无子，刚好有一个宫女被临幸，生下一子，刘氏将孩子据为己有。

刘氏算是胸怀比较宽广了，不仅劝真宗将该宫女立为宸妃，宸妃死后，还以太后之礼厚葬。当时已临朝听政的刘氏，专门请"天下第一才子"晏殊为其撰写墓志铭。

皇宫发生的一切，晏殊尽收眼底。周旋于这对有特殊关系的母子之间，是需要智慧的。尽管如此，他的一生还是三次遭贬，均和刘氏、仁宗的矛盾有关。好在，每次贬谪，地方不远，待遇还在。估计历史上只有晏殊。因为朝廷总是需要他的智慧。

不仅治国，还有靖边。一次，西夏国兵征陕西，晏殊是主战派的中坚力量。在他的建议下，部队撤销了监军，大量招募弓箭手，同时变卖宫中冗余物资，以作军饷。后来战争果然取得胜利。

仁宗对晏殊"倍加信爱，受特遇之知"，这种喜欢和依赖，几乎是遗传真宗的。公元 1042 年，晏殊官拜宰相，开始了他最辉煌的政治生涯。据说仁宗当政的四十年，是中国古代历史上"最好的四十年"，具体在这里就不分析了。

我只想说，晏殊最活跃的时期，正与这段历史重合。所以，晏殊对中华帝国的意义，其实是被大大低估了的。这种低估，很大程度源于他自身的低调。

## 6

晏殊人生最后十年，是被"后浪"不停拍打的十年。

公元 1044 年，也就是晏殊做宰相第三年，范仲淹、欧阳修、王安石们开始在大宋政坛上有所作为。这些大咖们的关系，很是微妙有趣。

晏殊虽然也有用朝笏打落下属牙齿、公然反对刘氏穿皇帝衣服进太庙这样的事迹，但总体来说，他是温和的。对那样处事像烈火烹油、急转急停的人，他看不惯。

刚好，他的江西老乡欧阳修，爽直刚烈、快人快语。欧阳修二十四岁成为晏殊门生，他有状元之才，却两次在高考中落榜。

据晏老师回忆，全因他恃才傲物，锋芒过盛，令一众评委不爽，想挫挫他的锐气。晏殊是个爱才的人，一直在仁宗面前力荐欧阳修。但最终两人也没成为好朋友。

在开封的一次高级别文化沙龙上，欧阳修总结："晏公小词最佳，诗次之，文又次于诗，其为人又次于文也。"简直是赤裸裸的攻击。

晏殊在给朋友的信中，谈到欧阳修，"吾重其文章，不重他为人"。

囚徒看了很多资料，不觉得两人有什么大不了的过节，不知为何友尽。

可能事情还是坏在喝酒上。传说晏殊当枢密使期间，西夏来犯，欧阳修和朋友去晏殊家拜访，照理说军事紧急，大家应该先谈工作，可是晏殊却在家里摆酒赋词。欧阳修很生气，当场写下一首长诗。

### 晏太尉西园贺雪歌

主人与国共休戚，不惟喜悦将丰登。
须怜铁甲冷彻骨，四十余万屯边兵。

字里行间，尽是讽刺。

"西园赋雪事件"之后，晏殊与欧阳修愈行愈远，师生情谊渐断。甚至在晏殊的葬礼上，欧阳修也站出来写了一首《晏元献公挽词》，开头两句就是"富贵优游五十年，始终明哲保身全"。大意是"老晏啊老晏，你爽了五十年，可我没见过你这样的缩头乌龟!"欧阳修对晏殊的误会，不是一般的深。

晏殊当宰相的时候，王安石只是一个二十岁出头的毛头小伙，他居然当众质疑晏殊，"为丞相而喜填小词，能把国家治好吗?"晏殊仍然不辩解，手写八个字"能容于物，物亦容矣"送给王安石。

晏殊的精神世界，真的不是欧阳修和王安石们能懂的。


# 7

要想真正认识晏殊，必须到他的诗词里去找。这里简单分析几首。

"明月不谙离恨苦，斜光到晓穿朱户"——人的各种小情绪在大自然面前，又算得了什么呢?

"满目山河空念远，落花风雨更伤春。不如怜取眼前人"——你们总是怀念过去，臆想将来，你们能不能把握现在?

"无可奈何花落去，似曾相识燕归来，小园香径独徘徊"——最能缓释人的苦闷的，往往是那些我们最熟悉，也最容易忽视的景致。

"长安多少利名身。若有一杯香桂酒，莫辞花下醉芳茵。且留春。"——酒是男人一生最好的防火墙。

"劝君莫作独醒人，烂醉花间应有数。"——人生最好的状态，就是一半清醒一半醉。

晏殊的人生故事，既是一部喜剧，也是一部悲剧。尽管他的成就足够吹八辈子牛，但至亲们纷纷离开，令他窒息。


二十一岁，弟弟自尽;

二十二岁，发妻李氏病逝;

二十三岁，父亲去世;

188

二十五岁，母亲去世；

三十余岁，第二任妻子孟氏病逝。

……

晏殊的作品和人生经历，告诉我们一个道理。一个人的入世
要精彩，出世要洒脱。牢骚、悲愤、抑郁、冲动、激烈，这些非
理性的情绪有用吗？很可能没有用，所以要克制。但这种克制不
是躲藏，而是一种圆融。

"为什么我这么低调？因为我随时可以高调。"

# 生活在宋朝的黄金时代

大家好，欢迎收看第二十四期"古人面对面"。好久不见，囚徒想死你们了。今天想跟大家探讨一个问题，如何在顺境中度过一生。

有些朋友可能不理解了，他们会说，顺境很好过啊。其实绝大多数人的大多数时候，都是逆境，所以我们都练就了一身应付逆境的本事。但是如何打顺风球，不让顺境变成逆境，并不是每个人都有这种能力。

"逆商"常有，而"顺商"不常见。下面有请今天的嘉宾、中国古代最有名的词人之一，也是一生富贵平安、顺商极高的晏殊老师。

## 诗词界的"话痨"

历史的囚徒：晏老师好，按惯例请您做一个简短的自我介绍。

晏殊：我叫晏殊，江西抚州人，离开大家已经一千年了。朋友们说我最后没有长残，是中国历史上最成功的神童，也许吧！

我当过宰相，也就是你们说的大宋 CEO，还负责过军队工作，一生大抵顺遂。但说起来，最令我骄傲的不是上面这些，而是写了一万多首词。

历史的囚徒：一万多首？这是怎么写的？

晏殊：很好理解啊，你们现在不是每天可以更新十多次微博和朋友圈吗？差不多是一个道理。

历史的囚徒：那不是一个概念啊，我们发的大多数是所谓美食、美景、美人，还有小学生作文一样的文字，其实是种流水账，是种健康的垃圾。

晏殊：生活的日常，不就是这些吗？我的作品也是关于这些内容的。

历史的囚徒：很可惜，我们没能看到您的全部作品，因为传到现在，只剩下三百八十余首。这么说来，很多诗人都挺懒的，李白和杜甫的作品，都是一千多首。就算活了八十五岁的陆游，也只写了九千三百多首。

晏殊：会不会觉得我是个话痨？我觉得文字是世界上最有穿透力的东西，是最容易进入人心的物质，所以写东西有些上瘾，不知不觉就写了那么多。

历史的囚徒：我想送两个字给您，厉害。

## 人的价值在于使用

历史的囚徒：根据史料记载，您十四岁就出道，出道即巅峰，那段光辉岁月很难忘怀吧？

晏殊：那是一段激情燃烧的岁月，我只能说自己是幸运的。我没有辜负那个时代，当然那个时代也给了我很多想要的，比如财富、名气，以及与各种高端人才交流的机会。

历史的囚徒：说到这里，我们不得不提一个人，那就是宋真宗赵恒，他在您出生的前一年登基，如果不是他的垂青和偏爱，是不是就没有您的崛起？

晏殊：这个我不否认。赵恒是我见过的最聪明、最勤于思考的皇帝，为了鼓励天下读书人，在一次上厕所的时候，他写下了"书中自有黄金屋，书中自有颜如玉"的诗句。历史上的皇帝有几百个，但有谁能写出这么接地气、激荡人心的金句？

历史的囚徒：看了史料，觉得真宗对您真的很好！但是这么多年来，也有人质疑，说他在您十四岁的时候就超常规提拔重用，是因为他想把您作为大宋的祥瑞。

晏殊：说这种话的人，真的是历史盲。真宗特别有自我，能坚持独立思考，在国家发展的大事上，他从来不会好大喜功，对人才选拔更是这样，毕竟人的价值在于使用，不用，他就是一堆行走的废柴。

## 大宋的"顶流"

历史的囚徒：如果说真宗看上您，是因为缘分，那他的接班人仁宗更加倚重您，是不是可以说，您是几百年难遇的杰出人才呢？

晏殊：这么说吧，仁宗接班的时候，我已经有了十七年的从政经验，由于真宗的信任，我看到了很多别人看不到的东西，包括皇室最隐蔽的角落，甚至丑闻。而且我的嘴很严，从来不乱说。所以赵家人很信任我，仁宗接班后，这种信任得到了延续。

历史的囚徒："狸猫换太子"……的事情，到底真相……是什么？

晏殊：亏你还是以锐利知名的主持人，这么吞吞吐吐的。那件事都过去一千年了，还有什么不能说的，我是亲眼见证的。话又说回来，这种事情在历朝历代发生得还少吗？

历史的囚徒：好吧。您后来三次被贬，都跟刘太后与仁宗的矛盾有关，实在太不容易了。

晏殊：（叹了口气）他们对我够好了，级别没有调，所以我就当是出门散心了。

历史的囚徒：您是当时最了解赵家的人？

晏殊：（笑）不是我，难道是欧阳修、范仲淹、王安石里的一个吗？

历史的囚徒：说说欧阳修是什么样的人？

晏殊：我觉得他有些着急，写诗着急，上位着急，连上个厕所都比一般的人着急，要插队。但他还是有几把刷子的，也很会带队伍，后来他有一个千年一遇的好门生，你知道吧？

历史的囚徒：您说的是苏轼？

晏殊：是的。就像我遇到宋真宗一样，他遇到了苏轼，这都是难得的缘分。

历史的囚徒：您和欧阳修好像没有什么很严重的冲突吧？

晏殊：我们虽然有些过节，但关系还是处得不错的，他就是爱在嘴皮子上争个高低。很多武林高手，家里的挑战书可以装满几个蛇皮袋，因为战胜这些高手，新人才能蹭流量，上热搜。欧阳修骂我，也是一个道理。

历史的囚徒：那您是当时的顶流级网红？

晏殊：这还用怀疑？我的任何发言，在社会上流传极快。我的经历本身就是传奇，十四岁一战成名，全国最年轻的高层，当朝宰相，太子的老师，跟皇上和太后的关系也很好，又是小资文青们的偶像……

历史的囚徒：长得也很帅。

晏殊：这个有争议。

# 时间是我们的唯一

历史的囚徒：还有个话题能交流下吗？在您的一生中，不断有至亲离开，带来的打击一定很大吧？

晏殊：生活就是这样，它不会朝你希望的方向走，家人们的离开，是我们必然要经历的痛苦，那段时间我经常做噩梦，醒后满脸是泪，枕头都湿透了。有时候我想，是不是自己运气太好，把他们的运气都用尽了，所以很是自责。

历史的囚徒：您最知名的那首"无可奈何花落去，似曾相识燕归来"，是不是一种对时间的感喟？

晏殊：是的，时间是我们最宝贵的东西，某种程度上讲，是唯一拥有的东西。它也很残忍，会带走一切。

历史的囚徒：明朝有个唐伯虎，他也有类似的遭遇。现在我们有一本小说特别畅销，它就是《活着》，描写的故事也很凄惨。那么，生活的真相是什么？

晏殊：生活的体验因人而异，我只想说，我们永远要感激生活，而不能期待被生活感激。

历史的囚徒：我还是想问问，那么多的感悟，通过文字流淌出来，得需要多少灵感啊，不觉得累吗？

晏殊：刚好相反，如果我一直憋着自己，不表达出来，那才累。你不是也说过，杜甫是生活的脱逃大师吗？其实每个人都面临着这样的问题，通过自己的方式来认识生活，释放自己。

历史的囚徒：好在您不用为生活担忧，看看李白杜甫近乎乞讨的生活，还是很惨的。

晏殊：苦难很多时候会造就一个人，即便他是丐中丐。

# 大自然的信徒

历史的囚徒：您主持军队工作期间，曾经有效击退西夏国的进犯，没想到一个读书人还能破圈，有这样的战斗力。

晏殊：我对军事是不太懂的，但是世间万事万物，皆有规律可循，规律又是相通的。打仗也逃不过人和钱两个基本条件，所以我只是做了有限的事情，其实没什么创意，关键是有人去做这些事。

历史的囚徒：我发现您的作品中，经常提到大自然中各种事物的兴亡，您从中得到很多启示？

晏殊：你不觉得大自然很有意思吗？相比之下，人类就渺小得多。所以我写的词，绝大部分都是对大自然的观察。有一次我还发现，闪电总是打击最高处的物体。其实人也一样，不要强出头。

历史的囚徒：大海、月亮、梧桐、梨树、黄花、红叶、燕子、乌龟……这些是您作品中的高频词汇，您是如何与它们沟通的？

晏殊：我是一个热爱大自然的人，有一颗热爱大自然的魂。我是它的信徒。虔诚一些，平等一些，不要俯视它们，大家都可以试试。

历史的囚徒：谦虚、低调、温和、善良，是不是一个人取得成功必须要具备的条件？

晏殊：我不知道别人怎么想，而且成功很难去定义，也许别人一辈子也没有大的响动，但他自认为成功，也是有可能的。至于我自己，也只是路走完以后才知道，原来自己是这样的人。可能的情况下，大家在追求自己梦想的同时，还是尽量友善一些吧。

历史的囚徒：好的，时间过得很快。本期节目到这里就要结束了。如果要您送给大家一句话，您希望是什么？

晏殊：每个人都可以走别人的路，但不要让别人无路可走。

历史的囚徒：谢谢晏老师，再见！

晏殊：主持人、各位网友，再见！

# 曾巩：宋朝大咖们的六十四岁魔咒

今天这篇文章，是写给普通人看的。

别看中国古代人才辈出，很多人是我们学不来的。但是这个宋朝人，我们可以学。

为便于阅读，此文采取自述方式。

## *1*

大家好，我叫曾巩，江西南丰人氏。

在很多人看来，我一生最值得骄傲的事，应该是进入"唐宋八大家"名人堂。那个榜单是明朝人朱右、唐顺之选出来的，在历史上，公认的权威。

是的，我很高兴自己是八大家之一，虽然是名单上最没存在感的那个。

看到没有？现在很多小学生背诵八大家的名单，很容易就漏掉一个人，那就是我。因为我太没有存在感了。

……

我不是在抱怨。

我想说，最值得本人骄傲的东西，远远不是这个榜单，而是其他。这篇自述，你一定要耐心读下去。答案就在其中。

## 2

我先介绍一下自己生活的那个时代。

一般情况下，这个世界都是几百年出一个大咖，但是我那个年代，大咖有些拥挤密集。

欧阳修、范仲淹、苏轼、王安石、晏殊，随便哪个人出来走两步，都可以秒杀我。所以，默默无闻是我的宿命。刷屏的诗词，从来与我无缘。

因为我的祖上，都是研究儒学的，所以我一辈子主攻的是散文和历史。从十二岁写出第一首作品开始，到二十岁小有名气，再到后来领盒饭，在诗词方面，我没有太多刻意的追求。这应该是一种主动的藏拙吧?!

（清）上官周 绘《晚笑堂画传》之曾巩像

金句小王子苏轼经常嘲笑我，说我写的诗句味同嚼蜡，毫无想象力。还有一个叫彭渊材的家伙，说自己平生有"五恨"："一恨鲥鱼多骨；二恨金桔带酸；三恨莼菜性冷；四恨海棠无香；五恨曾子固不能诗。"我竭尽全力写出的最好句子，是"乱条犹未变初黄，倚得东风势便狂"。

相反，我真的很喜欢写政论散文。我的代表作是《墨池记》和《越州赵公救灾记》，里面有实事的记录，有议论，也有抒情，值得一读，大家回头可以找来看看。坊间有评论说我的作品"古雅、平正、冲和"。其实我理解，就是没有特点，过于中庸。天生无网红体质。其实，自然纯朴素淡，有什么不好的？

## 3

我承认自己比较普通，在大V俱乐部里分辨率很低，但我一点也不自卑。我的祖父曾致尧、父亲曾易占都曾在朝为官。虽然他们一辈子只是普通官员，但对我的影响同样巨大。事实上，虽然我成了官三代，但一点也没有沾他们的光。

我三十九岁才中进士。有人问既然那么"早慧""有才"，为何那么晚才金榜题名？其实这跟我的专业有关，当时的考题，都集中在诗词和时评上，这从不是我的主攻方向。而且，我不想去修正，去迎合，你们懂吗？

人生的意义当然是生活，但当我们都去迎合潮流、刻意复制的时候，人生还值得一过吗？我们要找到适合自己的最正确的生活方式。这样当有一天我们离开这个世界的时候，我们才不会后悔。因为我们活得值！

## 4

走上官场后，我的第一份工作在司政法律部门。

我兢兢业业地学习，不知日夜地加班，只有一个目的，那就是努力让自己更符合岗位要求。我很有耐性，因为这个岗位，我一待就是十二年。

想一想我年轻的时候曾经忍耐苦难，耕读十年，换一个人，可能会很抓狂。

我不抓狂。

直到五十岁的时候，因为一个偶然的机会，我才开始给宋英宗的生活实录做检讨，也就是史官里的高级校对。不久，因为王安石开始变法，我为了避免尴尬，主动要求到地方工作。因为王安石和司马光都是我的老铁，我不想在他们中间走政治钢丝，或者玩跷跷板。所以，从五十三岁开始，我做过襄州、洪州、福州、明州、亳州、沧州等地的知州。在这些地方的工作，才是我要说的重点。那是我一辈子的精华所在。只有那段时间，我才找到真正的自己。

# 5

做京官，很容易漂浮在半空中，就像写诗作词一样，虚张声势的多，我很不习惯。就好像生活失去了真正的抓手。只有在千方百计为百姓办实事的时候，我才真切感觉到自己是曾巩。就像我的名字——巩，坚固，结实是也。

有一年我在浙江绍兴做通判，恰好遇到大饥荒，我想了很多办法。比如，我劝说地主们如实申报自己储存的粮食，催促他们卖给百姓，维护了一方稳定。我还以国家的名义，借给农民种子，让他们随秋季赋税一起偿还，那一年群众过得很滋润。

这样的例子很多，每到一地，我都会除盗肃霸、兴修水利。当我在舆情快报上看到老百姓的称赞时，我心里甜滋滋的。所以，跟所谓的"唐宋八大家"相比，我更骄傲另一个榜单——有人将我们曾家在朝为官的人士，统一称为"南丰七曾"。

在我考中的同一年，我的弟弟曾牟、曾布，堂弟曾阜、妹夫王无咎、王彦深也同科高中。几年后，我的弟弟曾宰、曾肇，妹夫关景晖、侄子曾觉也考中进士。号称"一门十进士"。

我们互相联系得很多，谈得最多的话题，就是怎么为百姓服务。有人说历史上的我，被低估和忽视了。忽视就忽视呗，好像重视就能怎么样似的。公道自在人心。

# 6

我有过一次面圣的机会，那是六十一岁的时候，当时我要去河北沧州赴任，出发前见到了神宗。他满脑子都是改革，对我提出的"节约为理财之要"的建议很感兴趣。但当时我已经六十一岁了，我自己知道干不了几年。

不久我就退休了，像司马光一样潜心修史，继续为新古文运动摇旗呐喊。

又过了一年，我就离开了这个永远热爱的世界，享年六十四岁。好像我们那个年代，很多人都是六十四岁的时候走的，欧阳老师、晏殊、范仲淹、苏轼、包拯、王安石、沈括，等等。六十四岁，对我们宋朝文人来说，真是一个魔幻数字。有兴趣的人，可以去研究研究。

我这辈子有三个最感激的人，分别是司马迁、韩愈，以及欧阳修。

前两个人，是我的神交偶像，他们指引我的治学和创作。

至于欧阳老师，他比我大一轮，是一

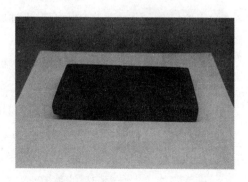

江西省博物馆藏曾巩墓出土的抄手砚

个有才华，特洒脱的人，为人特别幽默，爱提携后辈，对年轻人十分的好。后来他坚持在科举中以古文、策论为主，诗赋为辅命题，在多次落榜后，我才得以考中进士。我一直怀疑他是专门为我改的招生政策，但我从来不敢问出口。我们情同父子，我曾经很想拜他为干爹，但是他拒绝了。

# 7

我这辈子，对家庭没什么愧疚。

二十八岁的时候，父亲大人去世，我第一时间中断学业，返回家乡，四处打工，辛苦挣钱，抚育四个弟弟，九个妹妹。是的，我的弟弟妹妹，有点多。

我对继母也很好，照顾得无微不至。

因为上面这些事迹，后来我被县里评为"十大孝子"之首。

你们来评一评，我对家庭的责任感，还有为民办实事的理想，比某些略显得浮夸的诗文，是不是强那么一点？

最后再告诉你们两个小细节，你们会知道我是一个什么样的人。

一是我的书法作品《局事帖》，在公元 2016 年的嘉德拍卖会上，以两亿七百万元价格成交。千年过后，这个一百二十四字的作品有了它的经济价值和社会价值。

二是我一生用功读书，特别爱好藏书，家里藏古籍大约两万余卷，收集篆刻作品五百卷。

生活中，有很多人很高调，这是他们的自由。

面对人生的磨难与烦琐，我只想务实一点，细致一点。

平和勤谨，是我的座右铭。

即使不能成为众人仰视的月亮，内心也应该是一片皎洁。

# 尾 声

唐宋八大家里，谁最出色？

其实历史上，一直有争议。比如，清康熙时期，学者张伯行的《唐宋八大家文钞》，一共选录八大家的文章三百一十六篇。唯一一位入选篇目超过百篇的就是曾巩，共计一百二十八篇。数量远远超过其他七人。很难说，这不是张伯行对曾巩的偏爱。

只能说，唯有跨越时间，拂去历史的尘埃，才能发现夺目的珍珠。

# 辛弃疾：我来告诉你们，什么叫后浪

大家好，我是辛弃疾，大家都叫我牛人，其实我的一生，只做了两件事，前半辈子参加对金自卫反击战，后半辈子在江西喝酒、写词、开铜矿。

很多人都背过我的作品，觉得我的词燃爆了。

是的，早年我杀过人，后来不断被官场排挤，逐步丧失了战斗的能力，但我毕竟还有笔，我走向了另一个战场，那个战场更广袤更持久，那就是人们的精神世界。

据我所知，我的粉丝多是中年男人，他们每天忙完生计，安排老人吃药睡觉，辅导孩子作业，回忆领导为什么批评自己，看看银行卡上可怜的数字，不由得身心俱疲，万念俱灰。为了给自己打鸡血，他们在昏黄的台灯下，翻开了我的作品。

很荣幸我的诗词有治愈人心的功能。看到你们大谈特谈"后浪"，我颇有感触。想结合自己的经历和作品，谈一下什么是真正的"后浪"，成功的"后浪"。

你们现在读到的"长江后浪推前浪，浮事新人换旧人"，其实我当年也看到过，它是刘斧老师写的，他主要活跃于宋仁宗年间，于哲宗年间去世。我开始记事的时候，他死去不久，很遗憾没能与他见面。

长沙棋盘街辛弃疾雕像

尽管他的这一金句很有名，经常被人引用，但估计你们百分之九十九没听说过他本人，不了解作者，其实很难理解他的作品。我想他这句话的意思，是在感叹世易时移，"新人"总会刷新"旧人"。

谁都想有一个波澜壮阔的人生，可是理想很柔软，现实很锋利。

真正的后浪，在人类历史上很罕见，还有些浪是人造的，利用高处的势能，倾泻而下，表面壮观，实则虚浮。

被裹挟而下的感觉，就是人人皆在浪中，却身不由己。

大多数人的一生，没有什么存在感，更像是一望无垠的小水珠。我很早就意识到这个现实，所以我想当后浪，而不想做一汪没有自我的水花。

其实对历史，我有时候挺悲观的。因为人类理想的火苗虽然一直没有熄灭，但一直黯淡，让人很担心有一天它会消失无踪。

火苗不熄，说明我们一直心存希望，可是现实屡屡令人绝望。就拿我来说吧，一生换了五十多个工作岗位，一直想上前线抗金，可是由于不抵抗主义盛行，社会风气就是醉生梦死。我也只能到各地旅旅游，拍拍栏杆，手都拍肿了，没用。

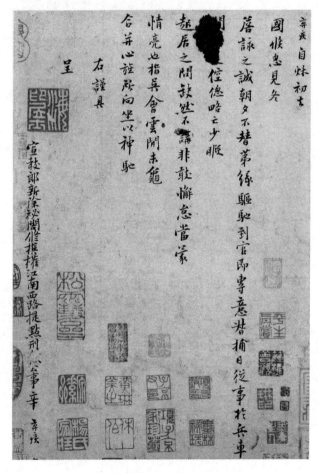

北京博物院藏辛弃疾《去国帖》

时间是我们最大的敌人，我们不得不用几辈人的时间与之作战。我写的那些诗词，不少读者说看过之后热泪盈眶，我理解，主要是因为我诗词中那种"壮志未酬，年华逝去，可怜白发生"的情绪吧?!

因为是自己内心的真实想法，所以那些字句，都是在燃烧的，带着温度的，千年过后，你们读起来，也能被烫着。

人生最大的残酷，是认识到你自己的平庸，而且无力改变。

绝大多数时候，你要容忍自己是一粒普通的水珠，在家庭的溪流中，你是独一无二的，是显而易见的，但一旦汇入大江大河，你会怀疑人生，迷失自我。

那又怎么样呢? 你可以是一粒有理想的水珠。一粒这样的小水珠，也可以掀起滔天巨浪，把前浪拍死在沙滩上。

我心目中的后浪，并不是那种经过 PS 的巨浪，也不是被时代裹挟，盲目地表达自己。

要当好小水珠，默默地等待机会，一旦机会来临，随时爆发你的小宇宙。即使没有机会，这一辈子也不算白活，因为你活出了自我。

最后说一句，作为成年人，永远不要小看青年一代，也不要去蛊惑收割年轻人。因为你所说的，所做的，最终会成为一个笑话。

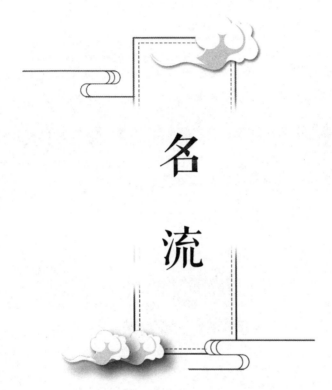

名

流

# 杨玉环：一生只为爱情

## 1

历朝历代，后宫有"贵妃"无数。但是现在这个称谓，只属于她。

……

很多人都说，女人是为爱情而活的。那古代后宫的女人呢？

其实也有爱情。

就是要解决一个前提：先活着。

因为后宫争宠的激烈程度，简直惨绝人寰。打个不恰当的比喻，现在大学生择业，这家不行，还有那家。职场的人，如果不爽，可以辞职，老子不陪你玩了！后宫女人们行吗？不行。她们得不到皇帝的宠幸，就要虚度青春，最后老死在宫里。就好像，她们根本没在这个世界上生活过一样。深宫，对她们来说，就是一个终生的监狱；而她们，是美丽的囚徒。

看看，多不人道。

# 2

皇帝与女人的爱情，就像长在悬崖上的花。刺激，但危险。鉴于大家都看过很多宫斗戏，都是资深专家，这里我就不献丑了。

我只想写一写杨贵妃的爱情故事。

很长时间，正史都没有记载她的名字，因为那不重要。她死后大约一百年，郑处海的《明皇杂录》才首次提及，"杨贵妃，小字玉环"。自幼父母双亡，由叔父收养长大，这使她特别重视自身的感情体验。小时候，就喜欢黏人，懂得情感沟通。长大后，她是爱情至上主义者。可是，爱情它是个难题，哪有那么容易？更何况是跟这个世界上最有权势的男人谈恋爱？

电影《妖猫传》，就把她的爱情描述得很不堪。她爱上了大自己三十四岁的唐玄宗，毫无保留。当然，她也没有选择。可是，最关键时刻，三郎（她对玄宗的昵称）背叛了她。说是要假死，却搞成了真亡。玉环在精美的石棺里醒来，却无人来救，最后香消玉殒。

权力逻辑之下，一切都成了套路。到最后，美人还是输给了江山。

帝国危急，是她的错吗？

鲁迅说："我一向不相信昭君出塞会安汉，木兰从军就可以保隋；也不信妲己亡殷，西施沼吴，杨妃乱唐的那些古老话。……但向来男性的作者，大抵将败亡的大罪，推在女性身上，这真是一钱不值的没有出息的男人。"《妖猫传》导演陈凯歌也说："安史之乱是男人之间的事情，却要一个女人来负责。"

为什么在生死关头，一个女性能够超越所有男人？

因为爱情。

# 3

杨玉环，别名杨玉，又名太真、玉奴。

她美丽轻盈（后来才变胖的），顾盼生姿，天生的舞蹈家一枚。（《旧唐书》："姿质丰艳，善歌舞，通音律，智算过人。"）

她的皮肤很好，如新生儿一般。"肤如凝脂"说的就是她。

她精通胡旋舞，身段飘摇，翻跃如风，令人眼花缭乱。中国几千年来，最优秀的舞者之一。以前如此有舞蹈才华的后宫女子，只有赵飞燕。可惜赵是一个非常狠毒的女人，如一朵摇曳在皇帝身边的恶之花。

……

在盛唐，只要你长得美，就可拥有天下。

杨玉环，是天下所有男人的欲望投射物。就连最清高、最有才、最腼腆的男人，都会凑上来，一个劲儿吹捧。李白毫不犹豫地赞赏她的气质，趁着酒意，大笔一挥，当面写就"云想衣裳花想容，春风拂槛露华浓"的千古名句；杜甫一向不写女人（也不擅长），也根据李白的描述，用"态浓意远淑且真，肌理细腻骨肉匀"来描绘她；多情而固执的白居易，这样形容杨玉环的美，"回眸一笑百媚生，六宫粉黛无颜色"。一回头，把后宫三千佳丽秒成渣。白老师只恨未生活在贵妃的时代，这传世的文字，应该是流着口水写的吧？这是中国历史上，为一位女性写出的，最成功的宣传文案。

关键是，这样色艺俱佳的女子，人缘还特别好，不招人嫉妒。我想，这也是她深得唐玄宗宠爱的原因。玄宗就需要这种平和、温暖、充满盛世气象的美。这是他的个人需要，也是帝国的政治需要。彼时，大唐刀马入库，国库充盈。官民们前所未有地追求精神世界的享受，自信地与世界各国往来。

盛唐由此开启。

# 4

玉环的家世，很坎坷。

她的高祖父杨汪是隋朝高官，官至上柱国、吏部尚书，后为唐太宗李世民所杀。

她的父亲杨玄琰，曾担任过蜀州司户（专门管户口的官员）。公元 729 年，杨玄琰因病去世，仅十岁的杨玉环，被寄养在洛阳的三叔杨玄璬家。

十五岁是她人生的转折点。当时，唐玄宗的女儿咸宜公主在洛阳举行婚礼，杨玉环出席，被公主之弟、寿王李瑁一眼看中。

一番热烈追求。不久，玉环就成了寿王妃，据说两人婚后，过得很甜蜜。

你侬我侬，深吻浅偎，一直过了三年。

谁也没料到，她后来会成为公公唐玄宗的妃子。

她自己更是云里雾里。

……

当时唐玄宗有自己深爱的女人，武惠妃。

武惠妃，名字很美很诗意，"落衡"。她是武则天的侄孙女，因父亲早逝，从小在宫中长大，因善于逢迎得宠于女皇。与唐玄宗青梅竹马。她与玄宗，是真的爱情。时间不长，她为玄宗生了四个儿子，三个女儿。为了她，唐玄宗不惜废了正宫王皇后，后宫全体以武惠妃为尊（因大臣们反对，一直没做成皇后）。

武惠妃的身体不好，还要在后宫开展持久战和拉锯战，为自保而殚精竭虑。她自小在皇宫长大，业务娴熟，拥有很多整人的光辉事迹。包括用下三滥手段，诽谤丽妃，陷害三位亲王，等等。她与驸马杨洄陷害太子李瑛，后李瑛被赐死。她胜了，但身体也垮了。

公元 737 年的某个深夜，有宫女发现武惠妃因噩梦而死，死时面目狰狞。年仅三十八岁。

# 5

心爱的女人死后，唐玄宗郁郁寡欢，上班完全没有精神。

这时，善解人意的高力士进言，说杨玉环"姿质天挺，宜充掖廷"，唐玄宗心中一动。高力士并不是一个完整的男人，但他明白，结束一段感情和思念的最佳方式，便是找一个替代物。据说高力士并不姓高，而姓武，所以他要维护大唐一直延续下来的，李武韦杨婚姻集团。

他选中了杨玉环。公元 740 年，他以为母亲窦太后祈福的名义，命杨玉环出家为女道士，道号"太真"。为了补偿儿子，唐玄宗将大臣韦昭训的女儿册立为寿王妃。李瑁受到了深深的伤害，却无可奈何。玄宗作为父亲，也免不了尴尬。

足足过了五年守戒期，他才将杨玉环册封为贵妃。这一番操作，成就了中国历史上最著名的一段爱情。对此，著名情感专家、大诗人李商隐后来写道——

**骊山有感·咏杨妃**

骊岫飞泉泛暖香，九龙呵护玉莲房。

平明每幸长生殿，不从金舆惟寿王。

逢年过节，大家都聚在玄宗的金銮旁，除了寿王李瑁。

爱情是自私的，即使是父子。

## 6

唐玄宗李隆基是一个多面人。

他铁手冷血，多次发动政变（每次都能成功），帮懦弱的父亲李旦爬上帝位，才两年他就接班；他又有一颗超级文艺的心。在中国历史上，如果要评选两个最文艺皇帝，他与宋徽宗应该不相上下。

可以这么理解，经历过那么残酷的政治斗争，年过半百的他，累了。

生活本不该如此。

他最喜欢做的事，就是与杨贵妃在深宫里喝着美酒，探讨艺术。为了创作出一首曲子，配得上杨贵妃的曼妙舞姿，他亲自动笔，熬了很多个通宵。著名的《霓裳羽衣曲》横空出世。

唐太宗李世民曾主持创作过《秦王破阵曲》，着眼气势，极其雄浑，听者无不血脉贲张。而《霓裳羽衣曲》，着眼爱情，足以软化世界上最硬的心脏，让人感觉到俗世生活的美好。每当乐师们上场，唐玄宗都会站起身，亲自给杨贵妃插上金钗。一次看完演出，唐玄宗对所有观众发表讲话，"朕得杨贵妃，如得至宝也"。当时，为记录那种感觉，他又兴致勃勃地谱了一首新曲：《得宝子》。

好一个文艺君主，多情皇帝！

## 7

对玉环的用度，玄宗从不作限制，随便买买买。

据说，宫里给玉环老师刺绣的绣娘，就有七百人；为她雕刻、锻造的，又有数百人。为了博贵妃一笑，每年唐玄宗总要派出专人，通过每三十里的驿站，从南方运来有露水的新鲜荔枝。很多故事，可能有想象的成分，但骄奢是无疑的。

（元）钱选　绘《贵妃上马图》（局部）

看到杨贵妃如此得宠，老百姓羡慕得牙痒痒，跑到庙里祈福，都愿意生个女孩。这就是诗句"遂令天下父母心，不重生男重生女"的由来。

杨玉环是真的爱上了玄宗。

她跟武则天刚好相反。武则天是先跟老子后跟儿子，她是先跟儿子后跟老子。

她别扭过，惶恐过。可是她最后决定，努力爱上这个老男人。

她感情细腻，很期待也很容易被男人打动，而眼前这个老男人，大概只是年纪大了些吧。她这么安慰自己。

她的深情，也体现在日常细微之处。玄宗与人下棋，眼看要输，她掐一下怀里的猫，猫儿纵身而下，碰倒棋盘，缓解了玄宗的尴尬；玄宗担忧正在发生的旱灾，她主动提出义卖，所得钱财都捐给灾区百姓。玄宗感动。

美丽大方，风情万种，善解人意，叫人怎能不喜欢？

# 8

玄宗与贵妃的爱情，也遭遇过危机。

贵妃曾经两次得罪玄宗，并被遣送回娘家。

一次是因为她"忤逆圣意"，嫉妒其他妃子。本来嘛，皇帝就不是一个人的专属，要跟他谈恋爱，就要接受这个现实。那个时候，玄宗已经有五十多个子女，但偶尔也会跟感兴趣的后宫女子眉来眼去。而贵妃重情，早就陷入一种幻觉——她跟"三郎"只是彼此的专属，这真是一个美丽的误会。

另一次，是因为杨氏家族飞扬跋扈，朝臣多有不满。为了大局，玄宗将贵妃遣回娘家，当作示警。只是爱情实在太伟大，每次贵妃刚走，玄宗就茶饭不思，急剧消瘦。而玉环走得也很不情愿。她知道男人要面子，即使是贵为皇上。所以，她总是率先认错。

一对爷孙辈的情侣，撒娇、试探、嗔怒、置气、郁闷、甜蜜。来来去去，攻攻守守，耍着小性子。风波过后，恩爱更甚。

看起来，是真的爱情哦。

# 9

最初，杨贵妃是完全不参与政事的。但是，唐玄宗太爱她，后来对她言听计从。不知不觉就有了政治影响力。

这一幕不应该出现在玄宗身上。他是经历过女人乱政的，也先后干掉太平公主、上官婉儿、韦皇后等著名女权主义者。

可是，他深爱玉环，也信任玉环。

没几年，杨玉环的家人亲戚，鸡犬升天，纷纷走上重要领导岗位。其大姐被封为韩国夫人，三姐被封为虢国夫人，八姐被封为秦国夫人，每月各赠脂粉费十万钱。远房兄弟杨钊，无业，早早辍学，混迹街头。后来改名杨国忠，居然成了大唐宰相。杨家外戚，不知不觉成为一股庞大的政治力量，甚至可以左右朝政。

（唐）张萱 绘《虢国夫人游春图》（局部）

人无远虑，必有近忧。盛世的表皮下，其实已经千疮百孔。

就在唐玄宗和杨贵妃享受神仙生活的时候，北方的安禄山正在磨刀霍霍。

安禄山是个阴谋家，很善于做表面文章。他长得很胖，却喜欢跳舞。经常逗得玄宗和贵妃哈哈大笑。后来贵妃力排众议，收安禄山为干儿子，尽管她比安禄山还小十六岁。这是贵妃最受世人诟病的劣迹。

## 10

公元756年，一切安排妥当，安禄山在范阳起兵造反。那时候没有手机，通讯极度不发达。玄宗听到这个坏消息的时候，已经是一个多月后，叛兵已经打到长安附近。

刚从温柔梦中觉醒的玄宗，带着杨贵妃仓皇出逃。跑到陕西省兴平市西约十一公里的马嵬坡，御林军将领密谋，砍死了宰相杨国忠。他们向玄宗请愿，要求赐死"祸国者"杨贵妃。

玄宗舍不得。

在将士们的怒吼声中，最后他做了一个艰难的决定。御赐七尺白绫，命人缢死贵妃。

……

她咽气的时候，满面是泪。那泪，既有对爱情的执着，对恋世的诉说，也有对罪恶的洗脱。

那些天，马嵬坡持续暴雨，是唐玄宗一辈子见到的最恶劣天气。有唐一代，他是在位时间最长的皇帝（在位四十四年）。赐死杨贵妃后，他又苟活了六年。

每当下雨天，他就陷入狂躁，呜咽悲伤，仰天狂啸。他在有限的生命里，作无限的忏悔。

杨贵妃死时，跟她的前任武惠妃，一模一样。三十八岁。

# 黄巢：你的坟，我已经挖好了

## 1

黄巢是个作秀大师。

公元 880 年，他率农民军攻入长安，举行盛大的入城仪式。数不清的士兵，披头散发，身穿锦袍，腰束红绫。

所有人，不管是什么来路，只要穿上土豪金，都会得到善待。沿途铺满菊花，因为黄巢喜欢。真像一场万圣节的大派对。时称，"满城尽带黄金甲"。

入城式的主角在哪儿呢？

八名力士抬着镶金包铜的肩舆，上面端坐的人，身披龙鳞金甲，正是山东荷泽人黄巢。

他的神情明显是经过控制的，严肃又自得。这是他一辈子的巅峰时刻。他甚至产生了一种错觉。整个大唐，包括李世民、武则天和唐玄宗们，只不过是在为他的大齐王朝做准备。你说荒唐不荒唐，可笑不可笑？

## 2

有些古人，是人生下半场才发力的。

如果只算上半场，至少以下这些人，都不会出现在史册上。司马懿、高适、哥舒翰、苏辙……当然，还有黄巢。

安禄山和黄巢，是李唐统治阶级最痛恨的两个人。一个要了大唐半条命，另一个直接把大唐送进了火葬场。

黄巢，男，生于公元 820 年，死于公元 884 年。印象中的黄巢，与明末的张献忠一样，是个杀人魔头。

……

黄巢的个性里，满是冲动和血腥。这也是他为什么自称"冲天大将军"的原因。经他一鼓捣，唐朝国力极大消耗，曾经的帝国，名存实亡。历史上，也只有黄巢有资格说："唐唐，你的坟，我已经挖好了。"

## 3

黄巢一家，祖上都是卖盐的，家里经济条件不错。

这是一个成天乐呵呵的小少爷，只想过好小日子。但在学习方面，他抓得很紧，尤其喜欢骑马射箭。

他的口才不是太好，但他后来找到了一个更顺畅的交流方式：写诗。

写诗是唐朝的国粹，估计是个人都能来两句。不管他是贩夫走卒，还是青楼女子。在诗人有些泛滥的大唐，虽然黄巢并不专业，但也有三首作品入选《全唐诗》。也就是说，他的诗，从专业角度看，写得不赖。

俗话说，诗言志。小时候的志向，从他的作品里，可以一窥端倪。简而言之，那不是一般的志向，大人听了都要哆嗦。据说，小黄只有五岁的时候，看到大人现场比赛飙诗。比赛间隙，他随口吟了一句："堪于百花为总首，自然天赐赭黄衣"。黄巢的爸爸吓坏了，当场就捂住儿子的嘴巴，顺手打了他屁股一巴掌。

黄爸爸实在是害怕，怕别人抓小辫子、打小报告。一个老头打圆场说："这孩子写诗有基础，但用词不当，给他个机会，让他再写一首吧！"小黄又即兴创作——

### 题菊花

飒飒西风满院栽，蕊寒香冷蝶难来。

他年我若为青帝，报与桃花一处开。

所有大人面面相觑，呆若木鸡，黄爸爸更是吓得浑身发抖。

这小子，出口就是反诗啊！两首诗的大意，都是说黄巢要做群龙之首，也就是当皇帝。后来宋代的张端义评述这段历史："跋扈之态，已见婴孩之时，加以数年，岂不为神器之大盗耶？"

## 4

多金，有才，似乎黄巢的前途很好。

长大后，他却活不下去了。首先，虽然他继承了家族的贩盐生意，但国家严厉打击私盐贩卖。青年黄巢失业了。家道中落，他的生活很艰苦，只得继续写诗，抒发内心的郁闷。其中一首是这样的——

### 自题像

记得当年草上飞，铁衣著尽著僧衣。

天津桥上无人识，独倚栏干看落晖。

有没有读出他的落寞和愤懑？

他不甘平庸，像大多数年轻人一样，走上了科举之路。他学习特别认真。可是很遗憾，他与考试无缘。考了好几次，复读好几年，红榜上总没有他的名字。于是继续写诗。

那一年，不知道是第几次落榜了，他满腔悲愤，写了下面这首诗——

**不第后赋菊**

待到秋来九月八，我花开后百花杀。

冲天香阵透长安，满城尽带黄金甲。

这是历史上写菊的最佳篇章，也是黄巢一辈子最出名的七言诗，读起来杀气腾腾。就像一封人生的宣言书。

可惜，长安不会记得一个无名的落榜生。

这个失意者的内心，狂喊着："总有一天，我要秒杀你们，成为你们的主宰！"

## 5

机会不久就来了。只是这个机会的成本太高，随时可能被杀头。这个机会就是造反。

中国历史上的农民起义，有两个必要条件。一是人祸——皇帝高官们不管百姓死活，无所作为，残酷剥削百姓。二是天灾——公元874年，大唐各地发生严重旱灾，最惨的是河南，粮食产量锐减，遍地是灾民。但在这种情况下，执政的唐懿宗"用兵不息，赋敛愈急"，基层官员拼命瞒报，终于逼出了历史上最狠的事件——农民起义。

既然活不下去、忍不下去，那就反了吧！第一个揭竿而起、后来成为农民起义领袖的，是王仙芝。

王仙芝，河南濮阳人，也是盐贩子。卖盐是很赚钱的。当时天下之赋，盐利过半。可是，朝廷要收回经营权，大搞垄断。王仙芝和朋友尚君长密谋后，觉得时机成熟，果断行动。当时群起响应的农民，达到几千人。他们用最土的战斗武器——锄头镰刀，毫不费力地攻下了附近几个县。

这里要特别交代一下，大唐帝国自安史之乱后，已经虚有其表，一年不如一年。

（清）吴笠仙　绘《菊花图》

各地军阀拥兵自重的现象始终无法解决，朝廷收不到税。各级官员基本上都在醉生梦死，"做一天和尚撞一天钟"。当兵的都是为了一份工资，谁也不想拿命来拼，所以军队战斗力急剧下降。一般战斗刚打响，就有一半人当了逃兵。另一半人，只是在战场上意思意思。所以，不是农民军能打，实在是官兵太惜命。

# 6

王仙芝找了几个读书人，创作了几篇讨伐檄文，大骂唐朝统治者太腐败，救灾不力，不得民心。

看了王仙芝发布的文章，五十五岁的黄巢像个小伙子一样，热血沸腾，激动难耐。他跟几个儿子一商量，立马响应。彼时离他创作第一首反诗，已经过去整整五十年。

乱世造反，很容易一呼百应。知道黄巢起事的消息后，前来投奔的人络绎不绝，短时间竟然聚集了几千人。他大概没想到，自己会成为这次大起义中最出色的领导者。

王仙芝和黄巢，一个在河南，一个在山东，为了集中优势力量，两军开始合并作战。

特别强调一下，虽然这次大型起义很猛，但领导人身上的犹豫和迟疑，一直如影随形。我的意思是，王仙芝一直想被朝廷招安，追着政府军的屁股后头，想投降。农民军，只是他手上的筹码。对王仙芝的做法，黄巢非常生气，两人的矛盾全面爆发。

起义军重新分裂为两支。

# 7

因为分裂，农民军的战斗力急剧下降。

起义的第三年，投降分子王仙芝战死（被乱刀砍死）。黄巢成了当时天下起义军的唯一领导人，手下士兵数万。

黄巢也许根本没想到，自己能一直打到首都长安，甚至当上皇帝。

他一边作战，一边却特别忧虑。他深刻体会到了王仙芝的难处，上马容易下马难。造反，什么时候是个头呢？

战斗无休无止，处境时好时坏，黄巢为时势所逼，走上了王仙芝的老路。

不就是投降吗？我也会。

据统计，黄巢一生中四次投降朝廷，但每次时间不长，就重新造反。其中一次，他想朝廷封自己做岭南节度使，被拒绝。这哪里是造反？简直是小孩过家家。

……

在艰苦的作战中，黄巢在业务上有很大收获。短短几年间，黄巢率领起义军转战十二省，往返一万五千余里。

著名历史学家黄仁宇总结说："……黄巢渡过长江四次，黄河两次。""这位历史上空前绝后的流寇，发现唐帝国中有无数的罅隙可供他自由来去。各处地方官员只顾本区的安全，从未构成一种有效的战略将他网罗。"

看来黄巢是个聪明人，特别了解帝国的弱点。他爱玩钻空子的游戏。只有游戏赢了，才能活下来。


## 8


公元880年冬天，六十岁的黄巢率领起义军攻入长安，第二天便宣布登上皇帝位。国号没有什么创意，"大齐"。

当时，大唐的皇帝是僖宗，才十八岁。

黄巢成了摧毁帝国的走私犯。

在执政上，他并非草包一个，心中自有丘壑。比如，他确立的官僚制度有一定创新。在他的要求下，朝廷实行四丞相制度，让核心权力更分散，且互相制衡。他还杀光了唐朝三品以上的官员，以起义军里有能力者代替，三品以下唐朝官员一律留任。

此后的二十八个月时间里，他一直待在长安的深宫里，沉溺酒色，丝毫没有觉察到身边的危险。这种搞法，大家是不是想起了另一个起义军领袖李自成？

有人说，他急于称帝，使天下军阀有了一个攻击目标。当皇帝，理所当然是众矢之的。

还有人说，他高估了自己的控制力，所以没有乘胜追击唐的残余势力。毕竟自唐朝大将张璘被杀后，朝廷已无抵抗之力。

他放过了巩固政权的大好机会。起义军最高指挥机构宣布，大军刀枪入库，马放南山。

绞索已经悄悄套在黄巢的脖子上。

## 9

公元 882 年，在过了两年多皇帝瘾后，黄巢和他的小伙伴们，被卷土重来的政府军赶出长安。

撤退前，黄巢命令火烧长安，并大肆屠城。很漂亮的一个长安城，当时世界上最大最繁华的城市，由此没落。

历史学家王夫之说："亡汉者黄巾，而黄巾不能有汉；亡隋者群盗，而群盗不能有隋；亡唐者黄巢，而黄巢不能有唐。"

这是一种学者的叹息，引人深思。

如果黄巢继续打击政府军，可能他的结果就会好得多。

现在要说说他最后的归宿。

有人说，他兵败后当了和尚，这都是后人的幻想。

他人生的最后一幕，与项羽神似。

项羽的卫兵韩信叛变了；黄巢的首席大将朱温反水了。

项羽割下自己的头颅让部下领赏；黄巢自刎，让他的族侄林言去向唐政府献媚。他是在被政府军和沙陀兵击败（而且是惨败）后，自杀的。

# *10*

一个年少时即有理想的诗人，成了穷苦百姓的代言人，并最终如愿当了皇帝，却难逃历史的宿命。像项羽一样的宿命。唯余一声叹息。

……

我总在想一个问题。

如果当初大唐考试院录取了盐商之子黄巢，还会有后来的杀戮吗？

# 我是那个唯一打过皇帝耳光的人

## 1

最近两天看大家都在讨论打耳光的事。

俗话说："打人不打脸，骂人不揭短。"由于人的"脸面"很重要，所以打耳光是对人极大的羞辱。一般人都会受不了，要打回去，或者记恨一辈子。但是，历史上也有化腐朽为神奇的一幕。

今天这个历史故事，就跟打耳光有关，为了更好阅读，同样以自述方式展开。

## 2

大家好，我叫敬新磨，晚唐人。主要活跃时间，大约在公元921年前后，也就是说，离你们一千一百年了。估计你们百分之九十九没听过我的名字，但我也有留在历史上的理由，我是几千年来唯一扇皇帝耳光的人。

听起来是不是不可思议？

历史上从来只有皇帝打别人耳光，怕手疼，都是派手下去打，名曰"掌嘴"，在掌嘴的历史上，我是一个例外。

我打的那个人，名叫李存勖，山西太原人，有西突厥血统，也是后唐第一任皇帝。

如果你没听过他，那一定听过他的爸爸，李克用，就是那个收拾大唐残局，打败高考落榜生黄巢的人。

很多朋友认为，李存勖有一代明君李世民之风。

确实，他很牛。

李世民是什么特点？年少成名，特别能打。李存勖也确实很能打，不仅富于谋略，自身还武艺高强，喜欢冲锋陷阵。他打过的胜仗，我数都数不清。灭前蜀、吞后梁，定州之战、镇州之战、同州之战、德胜之战、幽州之战……

具体的，你们如果有兴趣，可以去史书上查一查。

# 3

李存勖的过人之处，是被几位专家鉴定过的。

专家之一唐昭宗。李存勖十一岁的时候就上了战场，当时的皇帝唐昭宗曾拍着他的肩膀感叹说，这娃比他爸还能打，今后必是国家栋梁。

专家之二李克用。儿子在战场上表现出色，李克用是亲眼看到过的，他曾经公开对部将们说，大业需要几代人来完成，存勖虽然年幼，但不会令人失望。

专家之三是一代军阀朱温。李克用去世后，朱温一度曾轻视接班的李存勖，结果在三垂冈遭突袭而大败。朱温因此发出了历史上著名的哀叹——"生子当如李存勖，我儿子跟他比，简直如猪狗一般"。

是的，这样一个战神般的存在，决定很多人生死的皇帝，被我结结实实打了一耳光。现在想起来都很后怕，但仔细想一想，又是合理的。

李存勖这个人，除了能打仗，从小还对艺术感兴趣，不仅喜欢看戏，还喜欢亲自唱戏。他唱戏的功底，啧啧，专业级的，在他的周围有很多戏剧爱好者，包括我。为了在娱乐圈发展，他还给自己取了个艺名，叫"李天下"。

我现在还记得，那是个夏天的傍晚，"李天下"跟我们在一起嘻嘻哈哈，我们经常在一起排戏，后来不断有人替李存勖惋惜，说他英勇善战，却玩物丧志，浪费了夺取天下的最好机会，其实他们不了解李存勖。我觉得，角色扮演可以最大限度让"李天下"得到休息，历史上每个人都有自己从现实中暂时脱离的方法。对"李天下"来说，就是演戏。

故宫南薰殿旧藏唐庄宗李存勖像

## 4

该说一下那天发生的事了。

那次我们玩得很高兴，几壶酒下肚，忽然李天下开始四处张望，大喊"李天下，李天下何在?"

我挤到他身边，抬手打了他一耳光。

那记耳光，真的很响亮。

打完收工，我居然打了当朝皇帝的脸。所有陪唱的人都像中了定身法，一动不动，李天下也愣了好几秒。虽然李天下说过，在演戏的时候没有君臣之分，但我的表现，确实有些没大没小了。

我急忙解释："理天下的只有皇帝一人，您在喊谁呢？"

我不知道当时哪根筋搭错了，居然扇皇上耳光，可能那天我真的是热糊涂了?！打皇帝耳光，一般处死十回八回应该都够了吧！

我双腿如筛糠一般抖动，浑身都是冷汗。可是我命大，"李天下"不仅没有责怪我，还重重打赏了我，估计是我说的话起了作用，那句话的意思是，天下是他的，与他的艺名一致。

有些史官总结说，李天下重用伶人，难怪最终革命会失败，从政治的角度看，他确实不该对我们这些乐官太好，政治都是滴血的，尤其是我这样对他不敬的人，居然还逃过一死，我理解，他这不是对艺术家好，而是对艺术有深厚的感情，这种感情，是搞政治的大忌。

如果历史能重新来过，我肯定不会扇出那记耳光。

## 5

那么能打的人，李天下最终只活了四十二岁，当皇帝也仅三年时间。

公元 926 年，大将郭从谦发动兵变，打进皇宫，焚毁兴教门，李天下的近臣多数逃逸，只有我们这帮艺术家朋友陪着他。混战中，李天下被乱箭射中，我们扶他到绛霄殿里，一边哭，一边看着他死去，想起他平日对我的宽宏大量，我放声大哭。

所有人里，就我哭得最凶。

哭完，我们把所有的乐器集中起来，堆在李天下的身上，点火，焚尸。一个艺术家皇帝，终于和他最喜欢的乐器一起，从这个世界上消失。

……

怎么说呢？

我一直认为，是他心里柔软的一面害了他，我宁愿他是个彻头彻尾的硬汉。

# 历史上那些乘风破浪的小姐姐

大家最近去爬山了吗？

人生就是一座高山，我们一代代人就是爬山者。多数情况下，我们看不到山顶，甚至看不到前方的路。但不能否认的是，每前进一步，我们就离山顶近了一步。总有那么一刻，我们会体味到王维的境界——"白云回望合，青霭近看无"。

登山的过程中，女性显得更不容易。但几千年的尘烟中，也有不少优秀的女同志。顾盼生辉、文章风流、坚定执着。她们的心，比男人更难琢磨。她们缘何能在青史上留名？毕竟历史一向是男人的舞台，如果没两把刷子，时间的河流里，不会有她们的身影。囚徒认为，是坚韧倔强造就了她们。不管现实如何锋利，她们勇敢地与之较劲。

人虽生而自由，却同时也在枷锁中。枷锁之一，便是爱情。

男人一辈子可以不谈恋爱，但女人不行。即便是飞蛾扑火，她们也要一试真我。

总之，终其一生，她们都在与时间作战，向现实突围。一路披荆斩棘，乘风破浪。

# 1

卓文君，西汉时期的川妹子（约公元前 175—前 121 年），长得特别漂亮。史书这样形容文君，"眉色远望如山，脸际常若芙蓉，皮肤柔滑如脂"。宅男们，看到古代作家的这几句描述，有没有那么一点点的动心呢？

卓文君祖上本是在河北邯郸炼铁的，后来才搬到四川邛崃。她家生意越做越大，后来成了四川首富，父亲卓王孙也进了全球富豪榜。

有了钱，就想买点权。精明的卓王孙，看上了分封在四川地区的一位皇孙。卓首富主动把十七岁的女儿许配给对方，但皇孙早夭，故事未开始，便结束了。

卓文君思想解放，对爱情有自己的理解追求。特别要提一下，她是弹琴高手。皇孙之死，对她并无影响。一个未曾见面的人，哪有什么感情基础？

上天好像要补偿她。那年她遇到了自己的"真命天子"，他的名字叫司马相如。

他们的认识过程，十分浪漫，极其感人。即使放在今天，也足够惊世骇俗。大意是这样

（清）赫达资　绘《丽珠萃秀册》之卓文君

的，司马公子穷得叮当响，但他的头脑很富有，善于舞文弄墨。他对一般女孩子无感，一直在期待刻骨铭心的爱情。而爱情很快就来了。

古代没互联网，但他们的相识，很"网络"。司马先看到的，是卓小姐的画像。虽然只是画像，却深深触动了司马公子内心。他觉得自己体内的荷尔蒙，就快要爆炸了。

他从成都赶到邛崃，跟该县县长王吉说明来意，请他在卓府安排个饭局。在卓府，趁着微醉，他弹了一首曲子，唱了一首锅歌。这首歌，就是他在与女文青们沟通时，屡试不爽的西汉叱咤风云年度十大金曲榜第一名《凤求凰》。来感受一下吧，虽然我们无缘听到原声，但是歌词之美，已经让我们酥软。

> ……
>
> 凤兮凤兮归故乡，遨游四海求其凰。
> 时未遇兮无所将，何悟今夕升斯堂。
> 有艳淑女处闺房，室迩人遐毒我肠。
> 何缘交颈为鸳鸯，胡颉颃兮共翱翔。
>
> ……

这首歌穿透茫茫黑暗，让整个卓府变得浪漫了，当然也惊动了久居深闺的卓文君。小卓一下子沦陷了，这是个奉爱情为神物的女孩子。用我们今天的话来说，"爱与咳嗽不能忍耐"。

四目相对时，整个世界安静了。似乎只剩下他们两人，可以为所欲为。都听得见彼此短促的呼吸声。

有的人相爱，要用一辈子，有的一秒都嫌多。下面他和她的对话，很直接，很疯狂。

"司马公子，可以借一步说话？"文君微微躬身，行了一个礼。

"卓小姐，你是想弹琴呢，还是想谈情呢？"相如问得很大胆。

237

"两个都要。"

"如果去成都，你去吗？"

"哎呀，我去。"

当晚，二十一岁的司马相如就带十七岁的卓文君上了自己的马车，赶回成都。

私奔这种事，在古代是很严重的，需要特别特别大的胆量。反正我是叹为观止的，司马先生卓小姐，请一定要收下我的膝盖，佩服你们。

后来的故事，我就简单讲吧。

私奔到成都后，因为生活艰难，他们开了个小酒馆。司马相如端茶倒水，卓文君卖酒收银，也算过了一段好日子。再后来，司马相如被汉武帝看中，去了长安。夫妻俩长期两地分居，感情出现危机。最关键的时候，卓文君使出了绝招。她写了首千古名作《白头吟》。这首作品里的名句"愿得一心人，白首不相离"，成了后世青年男女承诺感情最常用的句子。

能用一首诗唤回男人心，这世上也是没谁了。所以卓文君后来成了"古代中国才女大赛"冠军，又会写诗，又懂生活。完美。

卓文君所破的，是爱情之浪。

## 2

卓文君是公元前 174 年出生的，蔡文姬是公元 174 年面世的。两人之间的三百五十年，再无其他可为人道的女子。

蔡文姬是河南杞县人，因为出身于书香门第，她从小耳濡目染，知书善画，还很会唱歌。说起文姬，一定要说说他的爸爸蔡邕。蔡老师是一个很有骨气的人，很有才华却不喜欢参与政治。可乱世之中，他别无选择。董卓当政期间，蔡邕很受青睐，曾创纪录地"三日为六职"，同时被封侯。董下台后，他因在一次酒席上出言同情，马上被王允关进大牢，不久即惨死狱中。一代名媛蔡文姬，就是在这种白色恐怖里成长起来的。

十四岁时，她嫁给一个叫卫仲道的人，卫姓在当地是名门望族（想想汉初有名的卫青、卫子夫）。显然这是一场政治婚姻。这一时期的蔡文姬，《后汉书》作者范晔高度评价说："端操有踪，幽闲有容。区明风烈，昭我管彤。"大意为：长得很漂亮，文化修养高，个人品德好。

可惜婚后仅一年，二十岁的卫仲道病故，婆婆对她不太好，经常问她："去爬山吗?"蔡文姬不得不重回娘家生活。

父亲被害死的时候，文姬只有十八岁。

日子像水一样流淌，有时候难免有惊涛骇浪。兴平二年（公元195年），关中地区军阀混战，南匈奴趁机作乱。文姬被劫走并被迫嫁给南匈奴左贤王，一起生活了十二年，生有两子。基本上跟今天拐卖女大学生的情节差不多，不同的是，一个是暗拐，一个是明抢。接下来，生活强行塞给她很多东西，不管她喜欢还是不喜欢。渐渐地，她似乎忘记了故乡。

本以为，这一生就这样过去了。可是建安十一年（公元207年），曹操却想起了她，不惜以重金赎回。当年发生了很多大事，曹操讨伐乌桓，统一北方；刘备三顾茅庐等。但唯有"赎蔡"一事，令天下人心倍感温暖。

曹操为何出此一招？历来众说纷纭。什么理由，其实都不重要了。重要的是，头戴貂冠、身着胡服的蔡文姬，在回家途中写下了千古名作《悲愤诗（二首）》，计五百四十字。另有一首《胡笳十八拍》，被列入"中国古代十大金曲"。她所有留传下来的文字，也只有这么多，却足以让她成为东汉"第一才女"。

阅读《悲愤诗》的开头几句，我们就能感受到她内心的屈辱和愤怒。原来她柔弱的身体里，有那样一颗强悍不屈的心。

汉季失权柄，董卓乱天常。

志欲图篡弑，先害诸贤良。

逼迫迁旧邦，拥主以自强。

海内兴义师，欲共讨不祥。

卓众来东下，金甲耀日光。

平土人脆弱，来兵皆胡羌。

……

风沙蔽日，无边戈壁，对她来说是刻骨铭心的伤痛。

十二年间，她受尽磨难，一直渴望南归。正如她的千古金句，"人生倏忽兮如白驹之过隙，然不得欢乐兮当我之盛年"。时间有限，我愿意和自己喜欢的人一起，待在喜欢的地方。有谁不爱自己的故土呢？所谓幸福，就是把灵魂放在最适当的位置。

蔡文姬所破的，是乡土之浪。

## 3

上官婉儿（公元664—710年），年仅一岁，便成为有罪之人。

长大后的婉儿，除了才华，隐忍，偶尔还有点狠毒。这种狠毒，来源于她从小形成的强烈的危机意识。

她的才华是有遗传的。她爷爷是上官仪，朝堂上贵为宰相，是皇帝诏书的总撰稿；文坛上，以"上官体"成为天下读书人追逐模仿的对象。

她还有个好妈妈，这对一个人的成长来说，实在太重要了。孟子的母亲为了找到一个好环境来培养儿子，三迁择邻，断机教子；岳飞的妈妈为了让儿子长记性，在他背上狠狠刺了四个字；欧阳修的母亲为了让儿子学好书法，每天教他用芦荻在沙上写字。上官婉儿的母亲郑氏，也是这样一位伟大的母亲。她拥有强大的

240

意志力，忍辱负重，精心培养婉儿。仅几岁，婉儿便通晓诗文，明了政事，更懂得察言观色。

仪凤二年（公元 677 年），一个深夜，武则天召见了十四岁的上官婉儿，"上心甚慰"。而这个姓武的，正是她一辈子最大的仇人。如果不是武后的冤枉，她的爷爷上官仪和父亲上官庭芝就不会惨死。可是上天安排婉儿为武则天贴身服务了三十年。

……

武则天对婉儿，简直偏爱到了极点。有一次，婉儿因为小错，被嫉妒的朝臣安上"忤逆旨意"的帽子，按律当斩。但武则天舍不得杀，顶住压力，仅处之以"黥面之刑"（在额头上刻小字）。婉儿巧加设计，在刻字的额头上，又文了一朵小梅花。结果这引领了宫内外的时尚，很多女人学习她，在额头上画一朵梅花，时人谓之"红梅妆"。

婉儿成了大唐事实上的女宰相。重要诏书都由她一手起草。很长一段时间，武则天任命官员，都会听听上官婉儿的意见。

当时民间流传一个故事，说婉儿还在娘胎里时，她妈妈梦见有个人送一杆大秤给自己，同时说："当生贵子，而秉国权衡。"（你的孩子一定很富贵，可以为国选才的那种）当时官场，谓之"称量天下"。

她的影响力，还渗透进了文坛的每个神经末梢。她亲自开写，代表作品有《彩书怨》《游长宁公主流杯池二十五首》等。来欣赏其中一首。

### 彩书怨

叶下洞庭初，思君万里余。

露浓香被冷，月落锦屏虚。

欲奏江南曲，贪封蓟北书。

书中无别意，惟怅久离居。

还有下面这些名句。

——志逐深山静，途随曲涧迷。

——密叶因栽吐，新花逐翦舒。

——遥看电跃龙为马，回瞩霜原玉作田。

如果不是她力主，天下不会有那么多供读书人学习的书馆。她建议增设学士，多办沙龙，品评天下诗文，武则天一一采纳。很多文人得以走入政坛，比如宋之问。甚至李白、杜甫等人，也要感谢她。

如此深度介入核心权力运转的人，当然婚姻也要被组织安排。她成了唐中宗的昭容，后宫前廷，风光无两。

武则天是婉儿最大的靠山，即使靠山倒下，婉儿仍然能左右逢源。神龙元年（公元 705 年），大臣张柬之等发动"神龙政变"，老态龙钟的武则天被逼无奈，只好退位。政变后，上官婉儿职务不变。

只是到了五年后，婉儿才被急于上位的临淄王李隆基杀死。但她的一生，已经够了。

一个弱女子，在那个时代有得选吗？没有。

上官婉儿破的浪，是逆袭之浪。

# 4

上官婉儿凭借权力和门第，上过无数次热搜，但她去世后的半个世纪，江湖不见女诗人的身影。直到川妹子薛涛出现。

薛涛（公元 768—832 年），字洪度，本是首都长安人，后随父亲薛郧入川。父亲去世后，她成了一名音乐工作者，也就是乐伎。虽身在染缸，薛涛却心地纯良，不同流俗。她最大的艺术成就，还是写诗，与刘采春、鱼玄机、李冶并称"唐朝四大女诗人"。而四人中，以她的成就为最高。

她一生谈过三次恋爱，其中有权势熏天的前剑南西川节度使韦皋，以及一代名相武元衡。甚至和白居易，也传出过绯闻。而最令她

（明）仇英 绘《烈女图传》之《薛涛戏笺》

刻骨铭心的一次感情，是与小她十一岁的大帅哥元稹发生的。他们的故事，是中唐文艺界最具盛名的爱情传奇。

当时元稹到四川任职，因原配韦丛去世，感情处于空档期。对薛涛，他神交已久。刚到四川，他就约四十二岁的薛涛在梓州相见。两人在一起，拼酒，对诗，聊八卦。元稹熬夜给她写了一首诗。

### 寄赠薛涛

锦江滑腻峨嵋秀，幻出文君与薛涛。
言语巧偷鹦鹉舌，文章分得凤凰毛。
纷纷词客多停笔，个个公侯欲梦刀。
别后相思隔烟水，菖蒲花发五云高。

与元稹的帅气和才气零距离，薛姐姐一下子沦陷了。本来她

以为自己要独身一辈子的。他们不顾别人异样的眼光，在成都租了一套房子，勇敢地同居了。恋爱中的薛涛，喜欢制作桃红色小笺，将诗句书于其上，当时很多女文青仿制，称"薛涛笺"。

老天给他们的开心日子，整整一年。后来元稹因得罪东川节度使严砺，被调回洛阳。

远隔千里，他们的爱情经受了严峻考验。

生活中，除了等待，还是等待。终于有一天，薛涛大醉一场，决定写首诗与往事干杯。

### 春望词

花开不同赏，花落不同悲。
欲问相思处，花开花落时。
揽草结同心，将以遗知音。
春愁正断绝，春鸟复哀吟。
风花日将老，佳期犹渺渺。
不结同心人，空结同心草。
那堪花满枝，翻作两相思。
玉箸垂朝镜，春风知不知。

她脱下红色的长裙，换上了灰色的道袍。她希望通过出家，一洗凡尘，卸下哀愁。

有一丝不舍，却了无遗憾。毕竟，人生已经爱过。

……

青灯之下，她有时候会想起八岁时与父亲的对诗。当时薛郧在后院梧桐下乘凉，随口吟道——"庭除一古桐，耸干入云中"，自己马上对——"枝迎南北鸟，叶送往来风"。父亲曾担忧她像诗中写的那样，堕入青楼，可是却不幸言中了。

一个人很多时候都会被她的起点限制。薛涛做出了自己的挣扎和努力。经过绚烂和热闹，她还是选择独处。如果你独处时感到孤独，说明你还没有和自己成为好朋友。

薛涛所破的，是寂寞之浪。

## 5

薛涛死后二十八年，在她的老家长安，又一位著名女诗人出生，她的名字叫鱼玄机。

当时已是晚唐，整个诗坛也暮气沉沉。号称"小李杜"的李商隐、杜牧离世不久，剩下的诗人里，能有刷屏之作的，仅温庭筠、杜荀鹤等少数几人。女诗人就更罕见了。

鱼玄机和薛涛很相似，除了出生地，她们都是青楼出身，以诗文出名。青楼是古代女诗人避不开的产床？鱼玄机就出生在长安之南、娼妓云集的平康里。她的爸爸是个落榜生，母亲专为青楼女子洗衣服。在平康里，她从小就见惯了卖笑的女子、助兴的人生。

唐朝是青楼公开盛行的第一个朝代，前去体验生活的著名诗人，名单可以开出一长串。受他们影响，很多青楼女子也爱上了文学。平康里的朋友经常搜罗金句，读给鱼玄机听。不知不觉，幼儿时期的鱼玄机居然也会写几句。

她的天赋是惊人的——五岁可背诗，尤爱李白；七岁开始文学创作；十岁已在长安小有诗名。大唐那片热土上，最吃香的小孩，不是花童，不是歌童，不是球童，而是诗童。她的才华，很快引起了晚唐三大诗人之一、"花间派"鼻祖温庭筠的注意。

温老师的长相，在历史上出名的丑，写的诗句，却惊人的美。比如这首。

## 新添声杨柳枝

井底点灯深烛伊，共郎长行莫围棋。

玲珑骰子安红豆，入骨相思知不知？

不知赚了多少深闺女子的眼泪。

鱼玄机就是通过这首诗崇拜温老师的。甚至爱上了这个丑男人。

早恋的鱼玄机，创作欲汹涌。出去踏青一次，就能口占一绝。

## 赋得江边柳

翠色连荒岸，烟姿入远楼。

影铺秋水面，花落钓人头。

根老藏鱼窟，枝低系客舟。

萧萧风雨夜，惊梦复添愁。

诗中有画，画中有情。估计王维和孟浩然在世，也会拍手叫绝。

可是温老师在文字上机敏深刻，却在感情上迟钝高冷。从十岁到十六岁，鱼玄机向他暗示明示无数次，都得不到一个答案。估计温庭筠是怕连累鱼玄机，因为他的偶像是白居易，一天不写诗骂人，骨头就奇痒无比。也可能因为两人年龄相距太大，三十二岁，在唐朝是爷孙辈的差距。还可能是温老师觉得自己太丑，大耳、阔嘴、秃头、酒糟鼻，这样的相貌，一看就不是好人，没有未来。但他不拒绝不承诺的态度，又似乎是在试探。千万不要玩弄另一个人内心深处的东西。

鱼玄机很苦闷，想去玩摇滚，被温老师拉回来。

"摇滚？没有前途，摇着摇着就滚了，你还是专心写诗吧。"老温一脸严肃。

246

公元 860 年，温老师把鱼玄机介绍给自己的好朋友，大唐状元李亿。李亿很有才，却早婚，其元配裴氏醋劲极大，专给鱼玄机穿小鞋。鱼玄机受不了，一气之下，到长安咸宜观当了道姑（公元 866 年）。

她以为李亿会履行承诺，接自己回家。可是她陷入了无尽的等待。你担心什么，什么就控制你。有时候，她会写诗给李亿，暗示抓紧。

### 江陵愁望寄子安

枫叶千枝复万枝，江桥掩映暮帆迟。
忆君心似西江水，日夜东流无歇时。

还有，"醉别千卮不浣愁，离肠百结解无由""江南江北愁望，相思相忆空吟"……

但，仍然没有回音。

后来她才知道，搬到道观才一年，李亿就利用裴家的社会关系，远调到扬州工作了。

她开始酗酒，用酒精麻醉自己。一次大醉，她写出了自己最好的作品。

### 寄李亿员外

羞日遮罗袖，愁春懒起妆。
易求无价宝，难得有情郎。
枕上潜垂泪，花间暗断肠。
自能窥宋玉，何必恨王昌？

恍惚中，她开始滥情。从天才女童、状元之妾，再到火辣道姑，她一步步滑向宿命。

弃世、挣扎、糜乱。

绝望冰冷中，她用身体找爱。她生命中最后一个男人，是一位叫陈韪的年轻乐师。没料到陈韪是一个不折不扣的渣男。

后来的悲剧，史书多有记载。大意是，鱼玄机外出，回道观时发现绿翘与陈乐师偷情。玄机一时激动，失手杀了绿翘。判案的京兆尹温璋，是历史上臭名昭著的酷吏，也是鱼玄机的众多追求者之一。在鱼玄机面前，他最常问的一句话是，"你看我还有机会吗？"他得到的答案，每次都是否定的。因爱不成，反而成怒，他极力以凶杀罪处死鱼玄机。

其实主人杀奴婢，在当时并非重罪，按《唐律》，轻则杖一百，重则判一年。可是，案件很奇怪地通过了初审和二审，并火速上报给了朝廷。死刑由唐懿宗亲自核准，那时他最宠爱的女儿同昌公主刚刚重病死亡，他心烦意乱，伤心至极，在刑部上奏的名单上随意画了一个勾。

……

长安东市，面对大唐行刑队，鱼玄机不由想起了十岁那年的燠热下午。

"我能最后说一句话吗？"她问刽子手。

"我这一辈子，只深爱过一个男人，"她流着泪，大声地说道，"他的名字，叫温庭筠。"

鱼玄机死时，不到二十七周岁。她用短暂的生命，对抗爱情的变质。

鱼玄机所破的，是爱情之浪。

## 6

鱼玄机死后三十年，唐朝灭亡，中华进入"五代十国"之乱世。

又过了一百多年，李清照（易安居士）出生。

她的在世时间是公元 1084 至 1155 年。这位婉约词派代表人物，更是挺立历史潮头的一位小姐姐。

清照早期绰号"李三瘦"，而宋以瘦为美。这已经背离常识了，在人们的想象中，美貌和才华一般是很难并存的。

她一生结过两次婚。用一句话总结："前半生撩暖男，后半生撕渣男。"

十八岁，她嫁给文物学者赵明诚，过着你侬我侬的生活，好不惬意。历史上有名的少女系诗词，就是这时候诞生的。"青梅少女""秋千少女""划船女孩""插花女孩"……

囚徒最喜欢的，是下面这首。虽然时过九百年，却仍然滴着露水。

### 点绛唇·蹴罢秋千

蹴罢秋千，起来慵整纤纤手。露浓花瘦，薄汗轻衣透。

见客入来，袜刬金钗溜。和羞走，倚门回首，却把青梅嗅。


荡完秋千，汗水湿透了薄薄的衣服，曲线毕露，见到意中人来了，害羞地跑了，还不忘回头看看，假装嗅一下门边的青梅。

……

乱世来了，金人凶猛。敌人接连攻下山东与河南大片地区，李清照与丈夫不得不一路向南逃难。后赵明诚病亡，她最大的心病，就是保存他留下来的大量金石文物，塞满了十五驾马车。除了文学家、书法家、考古学家、家庭主妇，她又多了一个身份——女镖师。

她很着急，身体每况愈下，支气管炎越来越严重，整天咳嗽，气喘吁吁。不仅如此，她还患上了间歇性睡眠障碍综合征，在梦里也焦虑。

四十八岁的她，仍然相信爱情。所以她做了个一辈子最糊涂的决定。她嫁给了一个叫张汝舟的人，那是个管粮草和军饷的低阶军官。后来她发现张与自己在一起，完全是图自己的钱财，是个典型的渣男，便不顾一切与其离婚。第二次婚姻，只存在了三个月时间，属于闪婚闪离。

她根本不再顾及别人的想法。人性一个最特别的弱点就是，特别在乎别人如何看待自己。

根据宋朝法律，状告丈夫要蹲大牢。她因此入狱。所幸后来为她说话的人很多。九天看守所生活后，她出来了。从此，她的日常消遣，就是喝大酒，打麻将。日子过得随心所欲。

当然，更多的时候，她在写词。

她的泣血之词，有"至今思项羽，不肯过江东""欲将血泪寄山河，去洒东山一抔土"。

她的婉约之作，有"此情无计可消除，才下眉头，却上心头""昨夜雨疏风骤，浓睡不消残酒"等无数佳句。

王仲闻说："她使婉约派发展到了最高峰，从此也没有人能够继续下去。"

黄墨谷说："她流传下来的词只有四十五首，却荟萃了词学的全部精华。"

最过分的是郑振铎，他说："一切的诗词，在清照之前，直如粪土似的无可评价。"

"最高""全部""一切"。试问中国历史上，还有哪个文人能享受这种礼遇？更何况，李清照还是一位女同志。

她平生最不喜欢的，是"女子无才便是德"的黑化论调。她用自己独特的烂漫、执拗、挣扎、苦楚，一次次通过短短百字，征服她的读者。凭一己之力，她闯过了现实的枪林弹雨，在诗词中顽强地释放她的达观。

李清照所破的，是世俗之浪。

# 7

李清照离开的五百年，诗坛上没有看到女性的身影，出现了真空。直到公元1618年（明万历四十六年）柳如是出生，其身世不清。

柳如是幼年并不叫这个名字，后来因为爱好文学，尤喜辛弃疾"我看青山多妩媚，料青山见我应如是"一句，改名柳如是。一看就是女文青的名字。

明朝末年，天下大乱。柳如是的一生也很坎坷，出生后就被辗转贩卖，不知道多少次。

十岁那年，柳如是被江南名妓徐佛收养，徐想培养她做接班人。养到十四岁（公元1632年），柳如是被年逾花甲的大学士周某纳为妾。周是状元出身，常把柳如是抱在膝上，教她读诗学文。令其他妻妾醋意大发。周状元死后，柳如是被迫重回青楼。

她平常最爱写诗，自号"影怜"，表浊世自怜意。并爱穿男装，谈时势，与东林党人频繁来往。她与好几个优秀男青年有过来往，如李待问、宋征舆、陈子龙等，但都无疾而终。

特别是她与陈子龙情切意笃，可是陈子龙元配张氏带人闹事，柳如是不甘受辱，毅然离开。后陈子龙在抗清起义中战败而死。

公元1638年，二十岁的柳如是邂逅原朝廷礼部侍郎钱谦益，钱是东林领袖，三年后两人成婚。

钱谦益为了柳如是，不惜出重金在虞山修建"绛云楼""红豆馆"，成为当时最热闹的八卦。

柳如是婚后，生有一女。

生活惬意之时，也是她创作喷涌时。来看看这一期的作品。虽然长一点，但读完，你是不会后悔的。

## 金明池·咏寒柳

有怅寒潮，无情残照，正是萧萧南浦。更吹起，霜条孤影，还记得，旧时飞絮。况晚来，烟浪斜阳，见行客，特地瘦腰如舞。总一种凄凉，十分憔悴，尚有燕台佳句。

春日酿成秋日雨。念畴昔风流，暗伤如许。纵饶有，绕堤画舸，冷落尽，水云犹故。忆从前，一点东风，几隔着重帘，眉儿愁苦。待约个梅魂，黄昏月淡，与伊深怜低语。

下面这首，我个人也很喜欢。

## 南乡子·落花

拂断垂垂雨，伤心荡尽春风语。况是樱桃薇院也，堪悲。又有个人儿似你。

莫道无归处，点点香魂清梦里。做杀多情留不得，飞去。愿他少识相思路。

更可贵的是，柳是一个很有骨气的女子。就像一个天生的女革命家。崇祯帝自缢后，她积极支持钱谦益担任南明礼部尚书。清军兵临城下时，柳如是劝钱谦益与其一起投水殉国。钱谦益沉思良久，走下水池试水，迟疑地说："水太冷，不能下。"柳如是很气愤，"奋身欲沉池水中"，被钱谦益活生生拉回来。对这样一个懦弱老公，柳如是却始终没有放弃。

公元 1647 年，已是顺治四年，钱谦益因反清案被捕，柳如是奔走筹款，救出钱谦益。她仍然怂恿钱谦益，与郑成功、张煌言、魏耕等反叛军领导人联系。其实大家"反清复明"的心，已经慢慢地冷了。唯柳如是热血依旧。

……

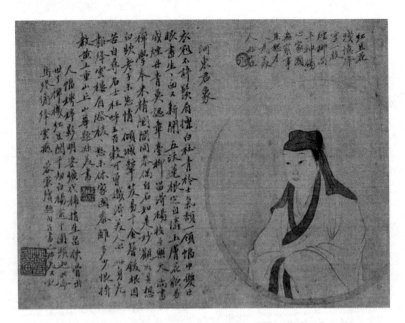

（清）钱杜　绘《河东君像》

康熙三年（公元 1664 年），钱谦益去世，族人毫不留情，将柳如是赶出家门。柳如是不堪欺侮，又因思念钱谦益，竟然上吊自杀，享年仅四十六岁。

人生如钟摆，在痛苦和倦怠中移动。而人的尊严无价。

柳如是所破的，是气节之浪。

# 方仲永：孩子们都是如何长残的？

先考大家一个问题。历史上最可惜的神童是谁？

我想，除了北宋的方仲永，不会再有其他人。

王安石一篇《伤仲永》，让他永远留在了中国教育史上。只不过，是教育史上的负面典型。

## 1

大家好，我是方仲永，江西金溪人，曾经的网红级神童。但很可惜，后来我长残了。正因为失败了，后来我一直很关注教育界。

感谢王安石，他是我的江西发小，我们在一起读书，一起玩泥巴，感情很深。二十二岁的时候，他写了一篇《伤仲永》，说的每句话都很在理。情感真挚，满心惋惜。天下所有人，都是通过那篇文章知道我的。

## 2

我当年确实是神童，年仅五岁就写出第一首诗，题上自己的名字。后来全国读书人都认识了我，知道我的拿手好戏是"指物成诗"。要内容有内容，要思想有思想。这有点像你们现在的"急智歌王"，看到什么，都可以唱出来。根本没有准备时间，这是需要极高水平的。

我不知道为什么会创作欲喷涌，可能这就是天赋吧。也就是说，老天爷会把他的灵感赋予某些孩子，我幸运地被选中了。这是很不容易的一件事，因为我们方家世代种田，裤脚上的泥巴就没有干过，身上根本没有一点文学细胞。你说这不是天赋，是什么？

中国历史上有过很多神童。孔融三岁会让梨，骆宾王五岁咏鹅，曹冲七岁会称象，司马光八岁会砸缸救人。但他们都比我幸运，因为他们后来都有所成就，或多或少。

只有我，出道即巅峰，后来却一直走下坡路。

## 3

我跟王安石关系很好，他比我小一岁，所以我叫他小石头，他叫我仲哥哥。坦率地说，当时我可以秒杀小石头的智商，所以他一度还很郁闷，很不服气。因为他也是一个好强的聪明娃，看过史书的人，都知道他"少好读书，一过目终身不忘"。我起跑的时候，快了他几个身位。

可惜人生不是百米赛跑，而是一场马拉松，也是一场漫长的障碍赛。小石头后来四十多岁就成了宰相，他很有想法，最终成了历史上最有名的宰相之一，诗文成就也远超过我。说心里话，我为他感到高兴。

虽然我活了六十七岁，在古人中算长寿，但是我一生都很落寞，很惭愧。我一直在反思，我们这些赢在起跑线上的人，最后是怎么长残的呢？因为周围一直有人好为人师，他们不停地校正引导我们，改变我们的创作和人生方向。

## 4

学业只是一个人成长道路上的基础课，走上社会后才是真正的淘汰赛。

不知道你们观察到没有，中国历史上很多有前途的年轻人，通过科举获取功名。他们大多数最后却汲汲无名了，包括很多红极一时的状元。为什么呢？因为他们从了众，进了社会的大染缸。

很多人被国家录取后，都忙着拜师，认干爹，想着娶豪门千金。完全没有时间，继续琢磨写文章的事情。他们变得势利了，滑头了，圆润了，也就不自然了。最终，当然也就长残了。

抱歉，因为太生气，我有点扯远了。还是回到神童这个话题上来。

## 5

父亲发现我的才华后，放松了对我学习上的要求，整天带着我去见县上各种有头有脸的人物。就为了那几吊铜钱，不停地催我写诗，就像没完没了地挤一头小奶牛。这种短视的搞法，最终让我的才华泯灭了。

二十岁那年，像祖辈一样，我重新扛起了锄头，顶着大太阳，下到了地里。那些曾经围观我的人，一个都不见了。尽管如此，我一点也不恨父亲，他是我亲爸爸呀。我只是觉得有点可惜。做一个普通人很好，能够平静地生活，清心寡欲，看月听风。

小石头虽然后来做到宰相，能够施展人生抱负，但是我知道，因为变法，恨他的人很多。

他当过两次宰相，每次时间都很短。最后他死得很郁闷。虽然大家都是从摇篮到坟墓，可谓殊途同归，但夜深人静的时候，我内心也是很不甘的。因为我的人生，确实不够精彩。

# 后 记

囚徒在这里想说三句话。

一是感谢长江文艺出版社的领导、策划和编辑，《历史的荷尔蒙》得以出到第四集，而之前的第三集获得了长江文艺出版社"2020 年度十佳图书"荣誉。

二是感谢读者的支持，通过图书的出版，我有了一批固定读者。他们喜欢历史现场，爱好幽默表达，在生活中他们应该也是心胸豁达之人、善良悲悯之人。

三是过去的四年，此系列每年出版一集，本集出版后将暂停一年。我会与出版社腾出精力，策划推出一套童书。敬请垂注。《历史的荷尔蒙5》，有可能隔一年再行出版。

历史的囚徒
于北京